Y0-BWG-940

Lo peor de todo

Ray Loriga
Lo peor de todo

Primera edición: octubre de 2008
Primera reimpresión: mayo de 2017

© 1992, Ray Loriga
© 2008, Penguin Random House Grupo Editorial, S. A. U.
Travessera de Gràcia, 47-49. 08021 Barcelona

© Diseño: Penguin Random House Grupo Editorial, inspirado en un diseño original de Enric Satué

Printed in Spain – Impreso en España

ISBN: 978-84-204-7418-2
Depósito legal: B-11950-2017

Impreso en BookPrint Digital, S. A., Hospitalet de Llobregat (Barcelona)

AL 7 4 1 8 2

Penguin
Random House
Grupo Editorial

Para Christina, ella sabe por qué.

I

Lo peor de todo no son las horas perdidas, ni el tiempo por detrás y por delante, lo peor son esos espantosos crucifijos hechos con pinzas para la ropa. Primero se recorta un cartón en forma de cruz y después se van pegando las pinzas encima. Hay que sacar el muelle y separar las dos tablitas y pegarlas luego con mucho cuidado, una para arriba y una para abajo. Al final se le da el barniz para que brille bien y parezca algo. También están los cubiletes para plumas y lapiceros, pero los crucifijos son mucho más feos.

Jorge Maíz le puso mucho amor a su elefante de escayola, después Paco Arce y yo lo pisoteamos hasta que sólo quedaron migas de escayola. Afortunadamente, T no sabe nada de esto.

Juan Carlos Peña Enano se empeñó en contarle a todo el mundo que me había cagado en el primer curso, lo cual, por otro lado, era casi cierto. Aunque, como es lógico, yo lo había negado rotundamente. Como él seguía, que si Elder se cagó, Elder soy yo, que si Elder nos apestó la clase más de un mes, no tuve más remedio que agarrar uno de los crucifijos de pinzas barnizadas y partírselo en la cabeza. Don Humberto me dio a elegir entre una torta y un castigo. Elegí la torta y me llevé las dos cosas. No me pregunten por qué. Las tortas de don Humberto dolían, pero no más que caerse en el patio y darse con las narices en el cemento. Los castigos eran más pesados porque tenías que estar dos o tres horas copiando páginas del libro de lecturas. En el primer curso era el libro de *Pandora y la caja de los vientos;* Pandora abría la caja en la segunda página y se pasaba después todo el año buscando sus vientos. En el segundo curso era el del *Payaso Panocha.* Todavía peor que Pandora, y peor aún que caerse en el patio y darse con la nariz contra el suelo. Los payasos son la segunda cosa más insoportable del mundo: disfraces de payaso, canciones de payasos, cuentos de payasos, películas de payasos y sobre todo cuadros de payasos.

Leí en el periódico que una señora se había muerto por llevar un pollo congelado en la cabeza. Resulta que la señora robaba y robaba y lo escondía todo debajo del sombrero. Tenía ya bastante práctica con esto pero nunca lo había intentado con los congelados. Por eso se murió, porque el pollo le congeló el cerebro. En algunas películas se muere la gente y en otras no. A mí me gustan las que tienen muertos y gente odiándose a conciencia los unos a los otros.

Dicen que en América se puso de moda tener un caimán. Así que todo el mundo tenía uno. Los metían en la bañera o en un armario, no sé, el caso es que cuando se pasó la moda se pusieron a tirar los caimanes por la alcantarilla y ahora están todos allí abajo haciéndose grandes como monstruos, dispuestos a salir un buen día a comerse a media América.

Lo de la cagada en el primer curso tiene su origen en un fuerte laxante que mi madre andaba experimentando conmigo, de modo que yo apenas tengo culpa de nada. Además, bastante mal lo pasé en su día como para andar ahora acordándome. Los tíos como Peña Enano van siempre detrás de la mierda ajena y así nunca se enteran de cómo les apesta el culo.

Las madres te ponen una camiseta de algodón y después un jersey de cuello de cisne y después una chaqueta de lana y después un abrigo y después un verdugo. Las madres no saben que a veces uno necesita moverse y por eso te aplastan con toda la ropa que encuentran por casa.

Los jerseys de cuello de cisne son una de las tres cosas más desagradables del mundo. Nacho Alverola era un niño simpático que no sabía nunca qué era lo que tenía que hacer para caerle bien a la gente. Con los años se hizo ladrón y acabó en Carabanchel. Me lo contó un cura que habíamos tenido en clase y que sabía dibujar el mapa de Israel con los ojos cerrados. A mí los curas me dan cien patadas en el estómago, porque hablan mucho y con razón. Si se te muere alguien te dicen que a ver si te alegras porque ya está con Dios y a mí eso me parece una memez.

Por mucho que te abrigue tu madre, el sudor de los niños no es como el de los hombres, es más como agua tibia. Las cosas en general van siendo peores según creces, por eso resulta especialmente cruel que te amarguen la vida de pequeño, cuando aún tienes posibilidades. Los hombres se vuelven repugnantes con la edad, van empeorando año tras año hasta convertirse en viejos babosos. Mi tío Manolo era un viejo limpio y guapo, creo que mi padre también va a ser uno de ésos.

Cuando era pequeño quería estar una semana o un mes sin decir ni palabra, pero luego no conseguía estar más de una hora con la boca cerrada. Cuando era pequeño me enfadaba muchísimo. Ahora me enfado

menos y sin tanto empeño. Si me preguntaban en clase me ponía colorado como un tomate. También si alguien se metía conmigo o si se me acercaba alguna chica. Por eso andaba todo el día pegándome. El colegio
es un sitio horrible y sólo hay una manera de que no te
toquen demasiado las narices: a tortas. Si no eres capaz
de pegar a nadie estás perdido, ser el mierda de la clase
es casi tan malo como ser el gordo o el marica. Si yo
hubiese sido el gordo de la clase, ahora estaría encerra-
do en un supermercado disparando con una recortada
sobre todas las madres y sus hijos y los empleados de
mantenimiento sin compasión ninguna.

Para ser un «as» de la Luftwaffe había que superar los cien derribos. Cuando comenzó la guerra, en el 39, Werner Molders contaba ya 14 aviones abatidos en Brunete, Zaragoza y Madrid. Al final de la guerra, en 1945, el mayor Erich Hartmann había alcanzado los 352 derribos a bordo de un Messerschmitt ME-262.

Los pilotos aliados no llegaron a tanto; el surafricano Pattle era el primero de la lista con 51 derribos, seguido del norteamericano Richard con 40. Entre los japoneses destacan los 87 aviones derribados por el alférez de navío Hiroyoshi Nishizawa.

Cuando tenía doce años me compré quinientas pelotas de golf. Yo no juego al golf y ni siquiera me gusta verlo por televisión, pero es que me las vendieron a precio de ganga y pensé que aquello podía ser un gran negocio. Cuando cumplí trece años todavía me quedaban cuatrocientas ochenta y cinco pelotas. Entre los trece y los catorce vendí sólo diez más. Cuando dejé el colegio, con dieciocho años, me quedaban cuatrocientas treinta y ocho. En mi clase había tíos con escopetas de aire comprimido, tíos con bicicletas de campo y hasta tíos con ciclomotores de 75 centímetros cúbicos, pero yo era el único que tenía cuatrocientas treinta y ocho pelotas de golf metidas en una caja. Wild Bill Hickcok se enfrentó con cinco pistoleros contando sólo con su colt de seis tiros, a plena luz del día y en mitad de una calle ancha donde no había forma de esconderse. Tres de los pistoleros murieron antes de desenfundar y los otros dos cayeron heridos con las armas en la mano, pero sin haber hecho un solo disparo. A lo mejor Hickcok fue el más rápido al norte del río Grande, pero a lo mejor fue Wyatt Earp. Nunca he estado muy seguro.

Mi tío Paco tenía una Astra pero no salía con ella a la calle, le bastaba con su bastón estoque para mantener a raya a todos los indeseables.

Un día T recogió un perro abandonado y se lo trajo a casa. Al principio era un perro simpático y cariñoso, pero luego le salió una polla gigante como la de un caballo y andaba todo el día detrás nuestro tratando de empalarnos, así que no tuvimos más remedio que llevarlo a un albergue para perros porque al final no nos atrevíamos a salir de nuestro cuarto por miedo a que el monstruo aquel nos sodomizara.

De alguna manera todo lo que pueda contar va a sonar extraño, porque la verdad es que odio los detalles, me aburren. Podría decir que me duelen, pero lo cierto es que me aburren. Conocí a T y supongo que me enamoré de ella. Estuvimos un tiempo juntos y después ella se fue. Mientras estuvimos juntos pasamos muchos días yendo y viniendo del hospital porque a R le estaban operando y luego las cosas no salieron bien. R es el padre de T. Mi hermano M también pasó algún tiempo en el sanatorio pero su enfermedad era muy distinta a la de R. Antes de conocer a T, después de que me expulsaran del colegio, y después de que se acabara el curso en el internado, que fue lo que vino después de la expulsión, me dieron cien o doscientos trabajos absurdos y estúpidos que yo iba abandonando sin decir nada a nadie, hasta que ya no buscaba, ni pedía, ni quería nada. Había vivido en Madrid y en Londres, donde desempeñé un trabajo con la seguridad social durante algo más de un año, aunque esto es algo de lo que no quiero hablar. No por nada, simplemente, no quiero. En Madrid tuve un piso en la calle Ballesta, pero luego me fui porque los vecinos gritaban y se peleaban y se llamaban puta y maricón. También pasé por muchos apartamentos turísticos y por otros normales. En los apartamentos turísticos puedes estar una noche o un mes o un año o una hora, eso según te dé la gana. También estuve en tres pensiones. En las pensiones, si quieres, te hacen la comida. Cuando conocí a T empecé a olvidarme de todo esto y luego, de golpe, me acordé. Yo no soy un chico de la calle ni nada por el estilo. De niño estudié en los colegios más caros y mi casa tenía jardín y piscina particular. Lo que pasa es que las cosas se torcieron, o se enderezaron, no lo sé bien. Digamos que económicamente se torcieron, porque en lo demás uno nunca sabe. Lo de Sid y Nancy lo leí en el periódico, a los boxeadores los conocí de verdad, descargando en Mercamadrid, a los asesinos no. Vietnam siempre me gustó mucho y por eso no me separaba de mi libro ni a sol ni a sombra. En fin, todo esto lo explico después un poco, pero por si acaso. El libro se llama *Vietnam no era una fiesta,* pero no creo que pueda encontrarse ya. El mío lo perdí.

Yo nací en la casa de El Plantío, que era una casa grande con cinco plantas. Mi hermano Fran nació en la casa de la calle Lanuza, que era mucho más pequeña. M nació en Caracas. Mi abuelo se fue a Venezuela después de fracasar en un insensato negocio en el que se había metido aconsejado por sus socios. Mi abuela lloró mucho y entonces mi abuelo pensó que lo mejor sería probar suerte en Venezuela. Mi madre vivió primero en Maracaibo y después en Caracas. No sé gran cosa acerca de mi abuelo porque murió cuando yo todavía era muy pequeño. Le pasó un camión por encima.

M está enfermo y creo que lo ha estado siempre. Fran y yo estamos bien. Yo tenía una novia a la que ahora llamo T, por si lee esto y se enfada. T ya se ha ido, me refiero a que ya no es mi novia. Nunca he tenido otra novia y a lo mejor nunca vuelvo a tenerla.

Fran y yo dormíamos en el mismo cuarto, teníamos dos camas y las cambiábamos de sitio una vez al mes para no aburrirnos. M dormía solo en otra habitación. M tiene seis años más que Fran y siete y medio más que yo. Salió de Caracas cuando tenía once meses, así que no se acuerda de Venezuela. Tampoco está moreno ni nada por el estilo.

En mi clase había cuarenta y dos niños. Veintiún niños a cada lado y un pasillo en medio. A veces estábamos sentados en filas de seis, otras veces en filas de cinco o de siete. Lorena Rollo, Nuria Corredera, Benito Marín, Roberto Gálvez y Julio Molla estaban siempre en la primera fila. Me imagino que nos superaban al resto en entusiasmo. Paquito de Ribera, el niño cagón, y yo nos sentábamos detrás, más allá de las ventanas, alejados de las corrientes de aire.

Mi mejor amigo de todos los del colegio y de todos los del mundo era Javier Baigorri. Baigorri y yo salíamos todas las tardes a beber. Bebíamos cerveza, vino y ron de caña que él traía de Puerto Rico. Baigorri había nacido en Puerto Rico y sabía bailar merengue y beber ron. Se reía tan fuerte y con tantas ganas que parecía que fuese a partirse en dos.

Estuvimos cuatro o cinco años juntos pero después se volvió a Puerto Rico y se acabó lo bueno. Todavía me acuerdo mucho de él cuando escucho a Rubén Blades, a Willie Colón o a Celia Cruz.

A Javier Baigorri todo le hacía gracia, aunque fuese la cosa más tonta, de la que nadie se ríe. Si le suspendían, se tronchaba de risa y si no le suspendían, también.

Tenía un hermano que se llamaba Alfonso y que se alistó en la Marina de los Estados Unidos.

Si vives en Puerto Rico tienes que andar con cuidado porque de pronto llega un ciclón y te barre del mapa. Como suena, te barre del mapa y nadie, ni tu mejor amigo, vuelve a saber nada de ti.

Mi madre vivió en Maracaibo y en Caracas. M nació en Caracas, pero era muy pequeño cuando salió de allí, así que no se acuerda de nada. En el Caribe puedes estar bañándote en el mar, tan tranquilo, y de pronto llega un tiburón y te come una pierna. Puede parecer exagerado pero es verdad. Un tiburón puede comerte una pierna o puede comerte entero, eso depende del hambre que tenga.

Lo importante no es ir muy rápido, sino ir en la dirección adecuada. Las defensas se mueven en línea, por eso Antonio Álvarez Cedrón Hernández se queda siempre a un paso del fuera de juego, porque sabe entrar por el lado bueno. No es nada fácil. En el tercer curso ya me las había visto con uno de esos porteros inmensos que se pasan el partido pensando en morderte una oreja. Se llamaba Iván Bernaldo de Quirós Uget, comía pegamento y tinta y batía el récord de croquetas todas las semanas. El récord del primer turno. En el segundo turno, Alfonso Torrubias no tenía competencia. En el colegio había muchos récords. Iván Bernaldo de Quirós Uget se comía treinta y seis croquetas. Alfonso Torrubias se comía cincuenta croquetas. Álvaro Torres corría los cien en 11,30. Marta Lastra tenía las tetas más grandes. Juan José de la Llave podía darse diez cabezazos contra el suelo. Peña Enano podía darle tres veces con la nariz y Pedro Cimadevilla Nebreda tenía una polla de veinticinco centímetros, aunque esto último no lo vi, así que no pondría la mano en el fuego. En cualquier caso, siempre he tratado de no pensar mucho en ello.

Cuando me picaban los pantalones de franela me dejaba el pijama debajo. A veces se me veía un poco y me ponía rojo, pero es que no soporto que me piquen los pantalones.

Enfrente de mi casa vivían dos franceses, una francesa y un francés. Estaban casados a pesar de que él era diez veces más mayor y más feo que ella. El francés tenía pelos en las manos y la francesa era bonita como una princesa de cuento. Algunos días el animal del francés le atizaba con la mano abierta y a veces también con el puño cerrado. Lo sé porque la francesa y mi madre eran buenas amigas. Ella se lo contaba a mi madre y mi madre me lo contaba a mí. Fran me dejaba dos calles de ventaja y aun así me meaba, corría como cien o doscientas veces más que yo. Yo le meaba jugando a las cartas porque había escondido espejos en la enredadera y le veía la jugada.

M se intentó suicidar una docena de veces, pero no le ponía muchas ganas. Al principio era como un juego, pero luego se fue complicando con los hospitales y los internados. A mamá, a papá y a Fran y a mí nos hubiese gustado que las cosas se arreglaran pero no hubo manera.

JOHN FITZGERALD KENNEDY fue el 35° presidente de los Estados Unidos. Nació en mayo de 1917, triunfó en las elecciones presidenciales de 1960 y murió asesinado en Dallas (Texas) el 22 de noviembre de 1963. Dijo: «Protegemos al pueblo y su independencia».

NGUYEN VAN THIEU era el presidente electo del denominado gobierno títere de la República de Vietnam del Sur. Dijo: «Los americanos nunca nos abandonarán».

NGUYEN CAO KY era el vicepresidente de Vietnam del Sur. Según mi libro, se caracterizó por su inmadurez política y por ser más amigo de lucir a su bella esposa en los cócteles oficiales que de frecuentar los pasillos parlamentarios. Su frase favorita era: «Hay que vivir». Eso está bien.

HO CHI-MINH fue presidente de Vietnam del Norte. Legendario guerrero, se le conocía como «tío HO». Dijo: «Ciertamente, nuestro pueblo vencerá y nuestro país tendrá el insigne honor de ser una pequeña nación que habrá vencido a dos imperialismos: el francés y el norteamericano».

LYNDON B. JOHNSON nació en Texas, ocupó la Casa Blanca después de la muerte de John F. Kennedy y dijo: «Sólo Dios sabe cuántas vidas nos costará esta guerra».

ROBERT FITZGERALD KENNEDY era el hermano de John y también se lo cargaron. Dijo: «Continuaré en Vietnam la política de mi hermano».

RICHARD NIXON primero perdió la guerra y después todo lo demás; aun así dijo: «Hemos conseguido una paz con Honor».

Sé un montón de cosas sobre la guerra de Vietnam, las leí en *Vietnam no era una fiesta*. El primer soldado americano que murió se llamaba Thomas Davis. Fue el día 22 de diciembre de 1961. En 1973 los Estados Unidos se retiraron de la contienda.

Era un libro estupendo. Lo tuve mucho tiempo, pero después se me perdió. Lo busqué por todas partes y le pregunté a todo el mundo, pero no apareció.

Aquí murió Sid, Nancy se desangraba en el baño mientras Sid ponía cara de imbécil y se sentaba en la cama a esperar. La ventana estaba abierta y el aire le daba a Sid en la cara de imbécil y esperaba. Pero Sid no se murió entonces, ni siquiera murió aquí, bueno, un poco sí, tenía la navaja en las manos y las manos y los brazos y las piernas llenas de sangre, pero no era sangre suya, era sangre de Nancy, que llevaba todo el santo día allí y toda la noche. A Sid no se le vio después de eso, en el mismo hotel habían vivido Arthur Miller y Dylan Thomas. Como habían estado andando todo el día arriba y abajo por toda la ciudad de Nueva York sin sacar nada, nada de nada, estaban verdaderamente cansados, llevaban al menos una semana dentro sin salir y Nancy se había puesto histérica, más que nunca, y movía su pesado culo y sus piernas plagadas de cardenales por toda la habitación, así que no era el día anterior sino una semana después de que en la calle nadie vendiese nada, lo cual es algo de locos, algo que no había por dónde agarrarlo, y por eso a Nancy

le dio por morirse y no por otra cosa. Luego se murió
Sid, en otro sitio, por el setenta y nueve, aunque lo cierto es que Sid no tocaba muy bien el bajo, lo tocaba fatal, eso sí, de cuando en cuando le escribía a su madre:

«Querida mamá, estoy estupendamente bien,
América es un país muy grande, más grande que
ningún otro, al menos que yo sepa. La gente me
quiere y me dice cosas buenas que apunto para no
olvidarme. Volveré pronto. Te quiere, Sidney.»

Yo tenía mis cosas preparadas, la ropa, los libros y las botas de tacos hacía horas. Mi madre gritaba como una loca y a mí me importaba bien poco
porque desde la expulsión me había preparado para
esto y para más. Mi padre no era mucho más alto que
yo, casi ni un palmo; cuando él hablaba yo me miraba los pies. Lo tenía todo listo para irme y el ruido no
conseguía distraerme.

A mí me expulsaron porque a Juan José de la
Llave le dio por robarme la merienda. Cogía mi merienda con sus manazas de gordo asqueroso, se la metía
en su boca de gordo asqueroso y masticaba deprisa
hasta que caía en su gran barriga de gordo asqueroso.
Así todo el trimestre. Hasta que se me hincharon las
narices y le tiré una silla a la cabeza. No era una silla
muy pesada, era una silla de resina de plástico, pero al
final de la contienda Juan José de la Llave tenía una
brecha de cinco centímetros en la cabeza. Tenía mi
merienda y tenía su brecha. Ésa es mi idea acerca de
cómo se deben equilibrar las cosas. Para los chicos del
primer turno de recreo era un héroe porque al fin
podían comerse sus meriendas. Para el director era

poco menos que un asesino. Me dijo que me faltaba mucho para ser una buena persona. Pero es que cuando eres pequeño lo último que necesitas es ser buena persona. Cuando eres pequeño piensas que aún te quedan posibilidades de convertirte en un verdadero hijo de puta, así que intentas aprovecharlas. Tal y como lo veo, un verdadero hijo de puta es un tío que mantiene a raya a los memos del segundo turno de recreo y no un pedazo de mierda que se pasa el día asustando a los niños chicos y robándoles sus meriendas.

Cuando eres niño no quieres ser buena persona por nada del mundo, quieres tumbar a los pesos pesados, ser expulsado de dos de cada tres clases y hacerte pajas hasta que te den calambres en las manos. Cuando eres niño quieres quemarte en el infierno y ver cómo todo el jodido colegio te admira por ello.

Si te pones a pensar en los sitios donde has estado y la gente con la que has andado y todas las tonterías que no tenías que haber dicho, te mueres. No pienso mucho en eso. T se pone triste cuando recuerda algunas cosas y yo siempre le digo que no tiene sentido estar echándose mierda encima todo el tiempo.

Hugo Sánchez daba una voltereta después de cada gol. A la gente le encantaba. Hugo Sánchez ganó cinco trofeos «Pichichi» en seis años. El trofeo «Pichichi» se lo dan al jugador que más goles ha metido en el campeonato de Liga. El primer «Pichichi» lo ganó Bienzobas con la Real Sociedad en la temporada 1928/29. El segundo lo ganó Gorostiza con el Bilbao y el tercero Bata, también con el Bilbao. El Atlético de Bilbao ha tenido doce «pichichis» en sus filas, el Real Madrid veinte. El Barcelona sólo seis, pero es que el Barcelona nunca ha tenido mucha suerte. El Real Madrid ha ganado 25 ligas y el Barcelona 10.

El primer portero que se llevó el trofeo al portero menos goleado fue Ramallets, en la temporada 1958/59. También lo ganó en la temporada siguiente.

A pesar de Hugo Sánchez, nadie ha metido tantos goles como Zarra.

Yo disfrutaba jugando al fútbol, no corría mucho pero tenía un buen regate. Era lo que se llama un jugador de ráfagas, a veces mucho y a veces nada.

Si sumamos todos los puntos ganados por todos los equipos en todas las ligas tenemos que el Madrid suma 2.355, mientras que el Barcelona, que sería el segundo equipo con más puntos, se queda en 2.192.

En cuanto a trofeos en propiedad, es decir, tres campeonatos consecutivos o cinco alternos, el Madrid vuelve a encabezar la lista: del 53 al 61, del 61 al 67, del 67 al 69, del 71 al 79 y del 85 al 88.

Tengo todos estos datos apuntados porque pienso que son importantes.

Cuando el Madrid ganó la Liga 79/80 los periódicos le dieron la primera página casi entera. Los titulares decían: «Y VAN VEINTE».

Me refiero a que algunas cosas son importantes y otras no.

Mi padre está empezando a pintar. Mi padre es un gran dibujante, uno de los mejores, pero ahora tiene que pintar y tiene que hacerlo deprisa porque M sigue volviéndonos a todos locos y no sabemos qué es lo que hay que hacer con él.

M nunca ha estado bien, pero ahora con el tiempo se pone peor y peor cada vez y mamá y papá y Fran y yo no sabemos cómo ayudarle. Tampoco los médicos. Los médicos se pasan el caso de unos a otros y nunca nos dicen nada definitivo. Ni siquiera algo aproximado.

Yo he hablado con casi todos los médicos pero ninguno me ha dicho nada que no supiera. No quiero entrar en detalles sobre la enfermedad de M porque estas cosas de la mente son muy complicadas y porque M podría leerlo y enfadarse muchísimo si viese que voy por ahí contando sus asuntos a todo el mundo. Hay cosas de las que no se debe hablar, pero es que sin esto no se entendería por qué mi padre sigue sin pintar y por qué mi madre está tan nerviosa sin saber cómo tratar a su niño grande. A veces M se venía al cine con Fran y conmigo y todo iba bien, pero otras veces se encerraba y corría por la casa y lloraba y lo ponía todo cuesta arriba, así que al final la situación terminó empeorando mucho con los sanatorios y las desapariciones y los intentos de suicidio. Uno de los médicos quiso saber qué pensaba yo sobre el asunto, sobre M y sus cosas y sobre lo poco y mal que dormíamos por las noches, pero al final no le dije nada porque a mí los médicos me revientan. Especialmente los psiquiatras, que se sientan de medio lado y se creen que te están viendo el alma.

M siempre ha estado triste y eso es algo que se aprecia en las primeras fotos, en las del bautizo. M estaba triste mucho antes de que Fran o yo naciéramos, por eso no creo que tengamos culpa de nada. Cuando M venía con nosotros al cine y estaba tranquilo, yo me sentía bien. Salíamos por ahí como tres hermanos y volvíamos a casa tan contentos. Cuando M estaba mal, sobre todo en los últimos años, me ponía tan triste que no sabía qué decir ni adónde mirar, porque si miraba a mamá me ponía triste y si miraba a papá también.

El médico me había preguntado por las estampillas de la Virgen María y de Nuestro Señor Jesucristo y de no sé cuántos santos que M solía llevar encima en los peores días, pero yo me había reservado mi opinión porque no mantengo muy buenas relaciones con la iglesia. De niño me lo había tragado un poco y pedía perdón a Dios después de cada paja, pero es que de niño te cuentan muchas estupideces y como eres pequeño y tienes las orejas más grandes que cualquier otra parte del cuerpo entra todo. Después con los años seguí con las pajas.

De niño me dijeron que si mordías las hostias mordías a Dios, así que me pasaba horas y horas con la oblea pegada al paladar haciéndome cosquillas y volviéndome loco. Es sólo un ejemplo.

Mi padre hace dibujos preciosos pero casi nadie aprecia a los buenos dibujantes: a Hungerer, Hogarth, Searle, Ballesta, Steadman o a mi padre. La gente pierde el culo con la pintura, pero nadie sabe nada de dibujo.

Los dibujos de tinta sólo tienen un trazo, son rápidos y no admiten trampas; si son buenos son buenos y si son malos son malos.

Los dibujos de mi padre son preciosos, tienen gracia, y personalidad y valentía y son sólo suyos. Si al final no pinta tampoco pasa nada.

Mi madre quiere tener a M cosido al vientre para que no pueda hacernos daño, pero eso es imposible y se está poniendo nerviosa de tanto pensarlo.

Mi madre fue actriz, pero ahora ya no lo es. Ahora hace muchas cosas que no le gustan y no está siempre contenta.

Cuando me expulsaron del colegio a ninguno de los dos se les ocurrió pegarme, ni nada por el estilo. Me llevaron al internado. Imagino que pensaron que era lo mejor para mí. Lo que a los demás les parece lo mejor para ti, al final no lo es. Ni lo mejor, ni lo segundo mejor siquiera.

A T le encantaba jugar a los disfraces, se imaginaba que era princesa y eso; a mí en cambio me gustaba el fútbol, supongo que así debe ser, no lo sé. T se quedó una vez sin excursión, tenía su mochila, tenía su merienda, hasta tenía sus botas chirucas, pero se equivocó de día y se pasó la mañana del sábado esperando, sentada a la puerta del colegio.

Una vez perdí el autobús del equipo de fútbol y me tuve que pasar la tarde con Carlos García de la Calle, que estaba castigado. Hablamos un buen rato sobre mujeres, fútbol, perros, profesores, pajas y posibilidades del ejército español ante un conflicto bélico. Estuvo bien. A la selección del colegio le metieron 5-1, entre otras cosas porque Carlos García de la Calle y yo éramos los mejores del equipo. Yo ahora me llamo Elder Bastidas, pero antes no. Antes, cuando era pequeño, tenía otro nombre que me habían puesto mis padres al nacer. Me lo cambié porque no me gustaba. No es que fuera feo, es que no me sonaba mío.

Elder Bastidas es un nombre que le robé a uno de esos cretinos de la Iglesia de Jesús de los Santos de los Últimos Días mucho antes de que me enrolase con ellos y empezase a transitar por sus caminos de infinita alegría. A T le gusta mucho el nombre y a mí me gusta mucho T, así que estamos todos contentos. A mi madre no le gustó nada que me cambiase el nombre, pero uno no puede pasarse la vida preocupándose por no contrariar a su madre. En mi clase había un tío que me juró que se tiraba a la suya.

Pasé un fin de semana en su casa y la verdad es que tenía una madre estupenda. Su pobre padre se había muerto hacía muchos años, el tío vivía con la madre, con una hermana, también bastante hermosa, con su abuela y con su bisabuela, aunque imagino que no se las tiraría a todas.

De niño lo peor eran las noches durmiendo poco esperando a que M nos hiciese alguna de las suyas y los días sentado en el colegio poniéndome colorado cada vez que alguien mencionaba mi nombre o ponía cara de ir a mencionarlo. Lo mejor eran los partidos de fútbol. En cualquier caso, supongo que los malos ratos te hacen más duro, o más listo o algo. Cuando estás en el colegio con todo el patio del primer turno de recreo mirando cómo te pones colorado no puedes pensar en la cantidad de horas y de días y de años que te quedan por delante, porque si lo haces vas y te mueres.

La liga de El Plantío no tenía un reglamento muy severo. Sabíamos que no se le podía partir la cabeza a nadie y también que ningún equipo debía alinear jugadores que no estuviesen inscritos, por eso nuestro entrenador no podía jugar, por eso y porque tenía diez años más que todos nosotros.

Al entrenador le llamábamos siempre entrenador, ni míster, ni boss, sólo entrenador. Lo cierto es que nosotros no queríamos un entrenador para nada, pero como él se empeñó nos dio no sé qué decirle que no. En cualquier caso, era un alivio que no le dejasen jugar porque no le pegaba una patada a un bote. Corría, saltaba, hacía flexiones, era alto y rubio como un alemán, pero no sabía diferenciar un balón de un cigüeñal. En general nuestro equipo no era muy bueno, pero entrenábamos y nos esforzábamos muchísimo. Yo me esforzaba un poco menos porque nunca he sido gran cosa corriendo y ni siquiera me gusta, pero los demás corrían y se esforzaban muchísimo.

A mi hermano Fran daba gloria verlo, era todo entusiasmo. Despellejaba a los contrarios, se los comía; no era guarro, era poderoso. Cuando corría por la banda le faltaba campo. Se adelantaba el balón y salía disparado detrás como si le empujase Dios. Le llamaban jabalí, si te marcaba podías escuchar todo el partido su respiración sobre la nuca. El defecto más común entre los defensas consiste en un erróneo sentido de la anticipación que les lleva a sacar la pierna antes de tiempo, facilitando enormemente la acción del delantero. Fran aguantaba, cuando estabas frente a él no sabías cómo quebrarle; algo inaudito, en diez años sólo conseguí regatearle seis o siete veces. A los delanteros enemigos no les resultaba más fácil. Sólo a Luis del Riego, pero es que aquel hijo de perra tenía un regate imposible, diabólico, cosa de brujas, parecía que llevaba el balón cosido a la bota. Era alto y rápido, iba bien de cabeza y disparaba con ambas piernas. Luis del Riego podía con mi hermano y hubiese podido con cualquiera.

Antonio Álvarez Cedrón Hernández tenía también un buen juego de cintura y mucha, muchísima clase. No era un tío tan efectivo como del Riego, de hecho era bastante más lento y no tiraba tan fuerte, pero tenía un encanto especial. A mí me gustaba y jugábamos bien juntos. Los dos reteníamos el balón más de lo necesario, pero sabíamos hacerlo bonito y a la vez. En fútbol se puede ser fuerte, rápido, alto, se puede correr como una liebre, disparar como un cañón y marcar dos o tres mil goles, pero eso no te convierte en un jugador mágico. Antonio Álvarez Cedrón Hernández era uno de esos privilegiados, también Porres, del equipo oficial del colegio; Ardiles, Pierre Littbatski, de la selección alemana; Juan Gómez, don Juanito Maravilla, y, por supuesto, Butragueño, el niño Ángel, que se había caído en el caldero mágico de la gracia y no había terminado nunca de salir.

Claro que no todo era tan bueno, si no nadie se explicaría cómo fuimos capaces de perder treinta y cuatro partidos seguidos con resultados tan escandalosos que ni aún hoy me atrevo a recordar. En la zona oscura del equipo estaban los hermanos holandeses, dos tíos tan torpes como un elefante tratando de pelar una mandarina con guantes de boxeo. Por otro lado eran buena gente, pero lo uno no quita lo otro. Se puede ser un cielo en la vida y un pedazo de mierda en el campo, también se puede ser gloria bendita en el campo y un pedazo de mierda en la vida, pero esto último es mucho más perdonable.

Los holandeses terminaban todos los partidos atizándose entre ellos, a veces ya los empezaban así. No conseguían ponerse de acuerdo acerca de cuál de los dos jugaba peor. Se daban con ganas. Los demás nos quedábamos allí viéndoles hacer, incluso cruzábamos apuestas. Lo mejor era apostar por el hermano mayor, que tenía muy mala leche y era capaz de tirarle golpes bajos a la Virgen María. Algunos días nos tocaba jugar dos partidos, no pasaba a menudo, claro, pero si tenías algún encuentro pendiente no había más remedio. Uno por la mañana y otro por la tarde. Cuando llegaba el de la tarde yo ya estaba muerto, porque cuando tenía seis años me enchufaban a unas máquinas llenas de cables, al menos una vez por semana, para curarme un soplo, o una arritmia, no lo sé bien. El caso es que me sacaban de clase y me llevaban a ver al cardiólogo y allí me enchufaban el millón y medio de cables por los brazos y las piernas y en el pecho y en la espalda y en la cabeza. Pues bien, me cansaba muchísimo cuando caían dos partidos en el mismo día, pero a pesar del cansancio la mejor jugada de mi vida la realicé en una de esas jornadas dobles.

Se trataba de un balón que se había quedado suelto un poco antes del medio campo después de un rechace de nuestra defensa; sin dar tiempo a una reacción de los jugadores enemigos me hice con la pelota y me lancé hacia delante al trote, con decisión pero sin prisa. Sabía que nadie me iba a impedir meterme hasta la cocina. Quebré a uno, dos y hasta tres contrarios antes de llegar al portero, rascando, templando, en una palabra, mandando. Amagué al portero con más clase que ganas y deslicé finalmente el cuero sin pararme a mirar cómo cruzaba la línea de gol. T no estaba allí para verlo.

El capitán del otro equipo me dio dos palmaditas en la espalda y me juró doce veces que aquél había sido uno de los mejores goles del campeonato. Perdimos siete a tres pero fue un gran día.

Luis del Riego después de marcar levantaba un brazo y se estiraba tanto que parecía que le iba a dar un tirón. Luis del Riego era un soplapollas pero jugaba como Dios.

El día que M pensó que se le terminaba la suerte fue uno de los peores. Antes se encerraba en su cuarto y no salía para nada, a veces ni a presión. Si querías entrar empujaba la puerta con todas sus fuerzas y no había manera. También se levantaba de noche y daba cien vueltas y después hacía ruidos raros como de morirse. Los hacía bien fuerte para que todos lo oyéramos.

Con esto las noches resultaban francamente agitadas. Fran y yo hacíamos cabañas con las sábanas y después nos metíamos dentro. Fran podía estar jugando en voz baja dos o tres horas pero yo me dormía antes. No me molestaba nada porque, aunque lo matasen, se moría muy bajito, casi en silencio.

M ha estado en el sanatorio un par de meses y no se explica por qué no puede seguir viviendo en casa. Se pone triste y dice que le quieren echar. En el colegio le contaba a todo el mundo que sabía artes marciales y los chicos le tenían bastante respeto; en realidad lo único que hacía era comprarse cromos de artes marciales y tebeos de Sang-Chi, el verdadero hijo de Fumanchú, maestro de las luchas orientales, aunque no creo que eso sirva para nada.

De todas formas, creo que lo que uno se inventa es más real que lo que a uno le pasa. Al fin y al cabo, lo que a uno le pasa no deja de ser un accidente.

En mi colegio había un buen montón de bastardos despreciables. Entre los peores estaba Labanchy. No tenía la más remota idea de cómo se juega al fútbol, se limitaba a pegarle al balón con todas sus fuerzas cada vez que le pasaba cerca. Dos de cada tres partidos con Labanchy terminaban con el balón en paradero desconocido. El tío era un verdadero animal. Su padre vino un día a casa para arreglar la caldera del agua. Estuvimos un año duchándonos con cacerolas. Era otro pedazo de bestia.

Los profesores no son buena gente. El señor de las Viñas se frota la cara como si se la cambiase de sitio y siempre dice de todo que es «para mear y no echar gota». Eso está bien. Mónica Gabriel y Galán escribe poesía y después la lee en voz alta. Jorge Maíz se parte el culo y rechina como si fuera a morirse de la risa. Jorge Maíz es gordo y lleva gafas de tres mil aumentos. Se rasca el culo constantemente porque le pica un horror y porque está tan gordo que los calzoncillos se le enredan en las chichas y le cortan la respiración. Cuando hizo su elefante de escayola le puso más empeño que nadie porque quería sorprender a su padre con algo verdaderamente bonito. Lo pintó de muchos colores con cuidado y paciencia, después Paco Arce y yo se lo jodimos. Primero le pintamos lunares rojos y luego manchas negras como de vaca y después se lo jodimos. Paco Arce era un tío grande y simpático, pero también bastante animal. Le gustaba destrozarlo todo. A veces se hacía el marica para reírse de los nuevos. Un día en el recreo un nuevo le llamó hijo de puta y Paco le pateó el estómago. Después de cada patada el nuevo volvía a repetirlo: ¡Hijo de puta! Le dio hasta que pensamos que lo había matado. Paco era un animal; pero el nuevo tenía los huevos de plomo.

Jorge Maíz había trabajado su elefante de escayola con verdadero amor. Yo lo pinté con lunares y manchas de vaca y Paco Arce le atizó con un zapato hasta que sólo quedaron migas de escayola de colores. Jorge Maíz estuvo un mes dando voces pero como era gordo y con gafas nadie le hizo demasiado caso. Después de eso empecé a soñar que se suicidaba. Probablemente nunca he vuelto a sentirme peor.

Mientras M entraba y salía de los manicomios con peligrosa insistencia, Fran y yo militábamos en el peor equipo de fútbol de los últimos setenta y cinco años. Éramos: Fran, Antonio Álvarez Cedrón Hernández, Chema Peragalo, los hermanos holandeses, Carlos y Rogelio van Moorken, el primo y el Lleida. El equipo se organizaba de la siguiente manera: Fran, Chema y Rogelio, el holandés, en la defensa; Antonio y yo, en la media, y el primo, al que también le decíamos «Chile», y Carlos, el otro holandés, en la delantera. Algunos jugábamos bien y otros no, pero al final resultábamos mucho más malos que buenos. En la portería teníamos al Lleida, un tío ágil y seguro que no nos duró ni tres semanas. A partir de entonces nos quedamos sin portero, de modo que teníamos que turnarnos a razón de un gol a cada uno.

Estoy seguro de que hay al menos doscientos millones de cosas peores, lo que pasa es que cuando me toca de portero no consigo acordarme, sólo sé que algún animal va a venir de un momento a otro a reventarme los huevos de un balonazo.

La pelota, en teoría, se sujeta contra el pecho, con los codos pegados a los costados y las manos envolviendo el cuero, esto siempre lo he sabido, pero en la práctica nunca consigo apartarla mucho de mis huevos, así que ya ni lo intento. Fran se pone furioso cuando me ve hacer el tonto bajo los palos, pero es que Fran se lo toma todo demasiado en serio.

Cuando tenía doce años perdí un Actionman dentro de un montón de arena. Lo había escondido allí para salvarle del peligro y después él solo se había ido moviendo hasta que no hubo forma de encontrarlo.

Un Actionman, en contra de lo que piensa todo el mundo, no es lo mismo que un Geiperman. El mío me lo trajeron de Londres cuando aquí lo más fabuloso que se había visto era la caja grande de «Todos los soldados del mundo de Comansi». Un Actionman no sólo es más resistente que un Geiperman, sino que además agarra mejor. Al Geiperman se le acaban cayendo las pistolas y las linternas y los catalejos de las manos porque las tiene blandas y tontas.

A los soldados de plástico antes de romperse les sale una pequeña franja blanca. Mi Actionman no duró mucho después de eso, se le partió un brazo y se le saltaron las gomas. Al principio mi madre lo arregló pero después se sintió mal otra vez y se perdió en el montón de arena. No es que piense que los muñecos en general andan por ahí suicidándose, pero estoy seguro de que el mío se decidió por el camino más corto y más digno.

Mi madre es una gran mujer, a pesar de su nefasta afición por el cine suramericano. Mi padre es dibujante, tiene barba y lleva gafas gordas de pasta negra, normalmente se sienta y habla despacio, también bebe mucho café y estornuda más fuerte que nadie en el mundo.

Van a operar a R. Se trata de algo realmente grave y nadie tiene muchas esperanzas. R es el padre de T. La madre de T es L. V. Los hermanos de T son

J y A. Sé que parece confuso, pero creo que así es mejor para todos.

T es el amor de mi vida y la chica más bonita que he visto nunca, ni de pequeño ni de mayor he visto otra igual. No exagero.

L. V. también es bonita e incluso la madre de L. V., que no sé cómo se llama pero que estaba sobre la mesa del comedor en un marco de alpaca. R no está tan bien, por eso pienso que la belleza de T viene de su madre y de su abuela.

T y L. V. y R y J y A son todos escandinavos.

El padre de R no va a venir a verle porque está muy viejo y pienso que R va a echarle de menos.

Si algún día me operaran y T no estuviera conmigo me moriría inmediatamente.

Cuando cumplí dieciséis años mi madre me dijo: «Corre al cuarto a ver lo que te he traído».

En el cuarto había un loro. Yo nunca le había dicho a mi madre que me gustasen los loros, pero ella me compró uno y me lo dejó en el cuarto para darme una gran sorpresa. Así que no tuve más remedio que alegrarme muchísimo y abrazar al loro con todas mis fuerzas.

Era un loro de colores, gordo y mudo. Al principio no se movía casi y miraba hacia otro lado al verme venir, después comenzó a suicidarse. Se quitaba las plumas de una en una con más tesón del que nunca le hubiese supuesto a un loro.

Llamamos al veterinario y el veterinario dijo que se trataba de un trauma por falta de afecto. Como no pensaba querer mucho más a mi loro, se me ocurrió soltarlo para que fuese en busca de algo mejor, pero lo único que encontró fue el perro del vecino. Supongo que resulta difícil volar con una sola pluma en el cogote.

Uno puede querer mucho a su loro, pero luego va un perro y se lo come. Por otro lado, uno puede no querer nada a su loro, pero luego va un perro y se lo come. Así que da igual cuánto quiera uno a su loro, porque eso no va a servirle de gran ayuda si anda un perro cerca.

El médico que operó al padre de T nos dijo que había pocas esperanzas. En el hospital hacía mucho calor y me resultaba difícil no ponerme colorado.

En los hospitales siempre hace mucho calor y todo lo
que pasa y lo que dice la gente, incluidos los médicos,
parece mentira, como si alguien fuese a reírse en cualquier momento, al menos a mí me lo parece. L. V. lo
encaja todo con entereza.

Estuvimos en el hospital tres o cuatro horas,
después T y yo nos fuimos a casa.

T se bañaba desnuda por la noche y se imaginaba algo. Las cosas no están puestas aquí para T, ni
para mí, por eso de vez en cuando me acuerdo de Sid
y Nancy.

Los domingos íbamos a misa, a Fran le gustaba
más que a mí, pero siempre íbamos los dos juntos. Yo
quería decir hijo de puta o me cago en Dios o algo,
pero al final nunca decía nada. La iglesia de El Plantío
era muy pequeña, blanca y bonita. El portero del
equipo de Durango hacía de monaguillo y a veces
también Luis del Riego, a cambio Dios le daba un regate sobrehumano.

El portero de Durango se llamaba Luis Ondi-
na y quería ser papa. Hacía comulgar a los niños de su
calle con fichas de parchís. Era un poco gordo y bastante simpático, también le decíamos «tanque» porque podía aplastar a cualquiera que se acercase a su
portería.

Nosotros nunca tuvimos un buen portero, por
eso nos salía todo tan mal. Tuvimos al Lleida, pero no
nos duró ni tres semanas; después de eso, nada, sólo
un inmenso agujero detrás del último defensa.

Carlos Echevarría y yo pasamos toda la tarde
viendo las revistas de mi padre. Eran revistas de tías en

pelotas que él utilizaba para sus dibujos. Echevarría se puso como loco, quería arrancar las páginas. Luchamos; al final, con el forcejeo, se descolocó todo, mi padre se dio cuenta y yo me puse tan nervioso que salí de casa y me subí a una grúa, a una de esas altas de construcción. Me quedé allí arriba un par de horas antes de que me dieran ganas de bajar.

Carlos Echevarría estaba muy salido, pero aun así, no me creo que se tirase a su madre.

El padre de T tiene tres agujeros, por uno respira, por otro le dan la comida con una jeringuilla gigante y por el último le sacan las flemas.

A T se le parte el alma con sólo verle. Por las tardes pasamos un rato con él y luego sacamos a los perros. T quiere mucho a sus perros, sobre todo a *Kitty*.

Kitty es un bóxer y *Oxa* un mastín. A *Oxa* cuando corre le baila todo el cuerpo y el pellejo se le amontona sobre los ojos. *Kitty* es muy lista y muy rápida, tiene el cuerpo bien estirado, como una reina, y la piel atigrada. J se empeñó en cortarle las orejas; a T nunca le ha parecido bien eso de cortarles el rabo y las orejas a los perros, a mí tampoco. Los elefantes tienen unas orejas enormes y a nadie se le ocurre cortárselas.

Oxa se cree que es un gato, se te sube encima y pretende que la cojas en brazos. Es muy cariñosa, pero pesa doscientos kilos. Cuando se pelea con otros perros no se da cuenta de lo grande que es y se esconde.

Yo he pasado por un buen montón de trabajos, no sólo aquí, sino también en Inglaterra. Me fui para allá porque tenía la sensación de que en este país la gente grita demasiado, no es que yo no grite, pero los que me molestan son los gritos de los demás. Con los gritos pasa como con los pedos; los propios no te joden ni la mitad que los ajenos. Cuando llegué no sabía mucho de aquella gente, luego, al poco, me di cuenta de que son tan desagradables como todo el mundo. A mí lo que me gusta de verdad es Francia, pero es que allí fui con T y con ella todo me parece bueno.

El sanatorio donde metieron a M era un lugar bastante agradable para ser un sanatorio, tenía árboles y jardines y terrazas soleadas y una piscina cubierta y otra al aire libre. La primera vez fui con mi madre, íbamos a pasar el día con M. Teníamos que recogerle a las doce y devolverle antes de las diez. Al llegar, M no estaba esperando en recepción, así que la enfermera estuvo llamándole por la megafonía. La verdad es que no me hacía ni puñetera gracia oír su nombre resonando por toda la maldita casa de locos. Después subí, porque a la enfermera se le ocurrió que tal vez estuviera durmiendo en su habitación. M duerme poco y se despierta con el pedo de una rana, eso lo sé bien, pero tampoco tenía ganas de ponerme a discutir con la enfermera. La habitación de M estaba al final de un pasillo muy largo lleno de puertas, en el pasillo había un tío que iba de un lado para otro dándose cabezazos contra las paredes, como uno de esos coches de juguete que avanzan hasta chocar con algo y luego dan la vuelta. Me dio bastante miedo, así que dejé de buscar y volví para abajo. Cuando llegué al vestíbulo vi a mamá abrochándole la chaqueta a M como hace siempre, porque a ella le gusta pensar que M es un niño pequeño. A lo mejor tiene razón, no lo sé.

Sólo volví por el sanatorio un par de veces más porque M se puso mejor y le sacaron de allí. José Luis Santalla me dijo que por cincuenta pesetas me llevaría a ver a una tía estupenda que enseñaba el culo. Yo nunca le había visto el culo a nadie, así que acepté. Cuando Santalla reunió un grupo lo suficientemente grande y después de recoger el dinero, nos llevó a ver el culo. Nos detuvimos frente a la valla de un jardín, era una valla de alambre cubierta de arizónicas. Mirando entre las arizónicas podía verse a una gorda desnuda de cintura para abajo, podía verse eso y nada más porque el culo lo tapaba todo, hasta el sol. Era un culo enorme y blanco y asqueroso, el culo más grande del mundo. Le dije a Santalla que si cobrase por metro cuadrado de culo se haría rico. Luego me largué de allí. Ese día descubrí que un culo no es un culo si no es un culo. Es decir, que si un culo se parece más a un camión cisterna que a un culo, eso al final ni es culo ni es nada. Mi padre decía que si él tuviese ruedas de radios, manillar y timbre ya no sería mi padre, sería una bicicleta. Por la misma razón un culo capaz de provocar un eclipse de sol no es un culo.

A mi padre una vez le dio un ataque de nervios y hasta perdió la voz. Luego le volvió. Mi padre es un tío muy tranquilo, pero un día le dio el ataque ese y nadie supo por qué era. Nunca le volvió a dar otro. A mí de pequeño me daban ataques y quería romperlo todo. Ser pequeño significa ser MÁS pequeño que la mayoría de las cosas y eso no te anima mucho. La gente te cuenta historias preciosas de su infancia, pero en definitiva ser pequeño es siempre ser menos y eso no hay Dios que lo cambie.

Creo que podría matar con mis propias manos a todos los tíos de mierda que se han jodido a T; también mataría a los que le han contado un chiste gracioso, pero empezaría con los que se la han jodido.

Una noche me encontré con Jorge Maíz, el tío del elefante de escayola. Me contó que había hecho un curso de ocho meses para pilotar ultraligeros y que después de aprobarlo le habían quitado la licencia por miope y por gordo. Me dio un poco de pena pero también me alegré de no haber sido el único en fastidiarle la vida al pobre Jorge Maíz, probablemente todo el mundo lo hacía. Por lo demás, creo que le seguía picando el culo, porque mientras estuvimos hablando no paró de rascarse.

Al principio a T no le decían nada porque es una antigua tradición escandinava eso de andar escondiéndose las cosas. En el hospital hay dos turnos de visitas, de diez a doce por la mañana y de cinco a siete por la tarde, pero T puede ir cuando quiera porque R es su padre. Cuando T entra en la habitación, R se alegra muchísimo y cuando le da un beso se alegra todavía más. Esto lo sé porque T me lo ha contado. Yo me espero siempre en el bar. Es un bar agradable, la gente está muy triste y no hace casi ruido. Los camareros te ponen una cerveza y se callan, no se sienten en la obligación de decir nada gracioso. Me siento allí y bebo en silencio hasta que T viene a recogerme, luego nos vamos a casa.

L. V. intenta no llorar y casi siempre lo consigue. A mí me parece un árbol, fuerte, alto, un poco severo, silencioso, pero también acogedor y cálido. T anduvo unos días llorando pero ahora se está rehaciendo y aguanta como su madre. En tercero de EGB me sentaba junto a un tío que se estaba construyendo un televisor a piezas. Era un niño triste y aburrido que no hablaba mucho con nadie. Una tarde al salir de clase pasé por su casa para coger un balón de reglamento. Pablo Mendoza no era un niño rico, sino más bien un niño pobre como una rata, pero tenía un balón de reglamento que le había regalado su abuelo y nos dejaba jugar con él. A Pablo el fútbol no le gustaba nada, así que me daba el balón y se quedaba en casa construyendo su televisor. Cuando pasé por el salón camino de su cuarto pude ver a toda la familia sentada en el suelo con un centenar de miles de piezas alrededor y una montaña de instrucciones y gráficos técnicos repartidos entre todos. Según me contó Pablo llevaban tres años con aquello.

Ahora se les amontona el trabajo porque el abuelo se ha muerto y nadie quiere ocuparse de su parte.

En casa de Pablo Mendoza no tenían dinero para comprarse un televisor, pero tenían tanto tesón que probablemente terminarían por conseguirlo.

Tal y como yo lo vi no creo que llegasen a construir un televisor, pero una radio o una lavadora seguro que terminaba por salir.

A mi padre le encantan los puertos, le horrorizan las playas pero le encantan los puertos. En Calpe había un puerto pequeño, lleno de barcas de pesca con redes y cajas de pescado y con una lámpara grande y redonda para pescar por la noche. Bajábamos con mi padre todas las tardes y jugábamos un rato por allí. Un día vimos a un señor comiéndose una lata de sardinas. No era un pescador, era un señor con un traje blanco que estaba sentado tranquilamente comiéndose su lata de sardinas. Lo bueno de la historia es que cuando terminó con las sardinas vertió el aceite de la lata sobre sus manos, frotó un poco y después se aplicó el unto sobre el cabello, quiero decir que se puso todo ese asqueroso aceite de sardinas sobre la cabeza, sobre su propio pelo. Luego sacó un peine, se lo peinó todo hacia atrás con la raya en medio y se marchó a dar una vuelta por el pueblo. Tan contento.

L. V. no habla mucho, tiene el pelo muy largo pero lo lleva siempre recogido, también tiene muchas cosas bonitas que ella misma hace, son todas pequeñitas. Una noche soñé que L. V. se había perdido y que T y yo seguíamos su rastro, que eran todas esas cosas pequeñas que ella hace; galletas de mantequilla, calcetines rojos de navidad, flores secas y hojas prensadas, coronas de candil y salvamanteles bordados. R es el padre de T y se está muriendo. Por eso vamos tanto al hospital, porque está muy enfermo y le tienen que operar dos o tres veces antes de que se pueda decir algo. Los médicos nunca dicen algo así como así, prefieren esperar a tener todos los resultados de los análisis. Los médicos te hacen doscientos o trescientos análisis y después te dicen algo. A veces uno se muere por el camino. Mi hermano Fran está cuerdo y mi hermano M está loco. Ahora anda un poco mejor, pero antes decía que hacía cosas que no hacía y mentía y lo escondía todo. Dijo que iba a la Universidad y no iba, luego dijo que tenía un trabajo en unos grandes almacenes y no lo tenía, luego se puso a estudiar mecanografía y no la estudiaba, así siempre. Al final había mentido tanto que no sabía por dónde se andaba. M lo escondía todo dentro y no había forma de entender qué era lo que quería o lo que pensaba. Las cosas han ido empeorando y ahora M tiene ya treinta años, aunque no le gusta que se lo digan. En las fotos del colegio ya se le veía triste y asustado, incluso en las fotos del bautizo. M no ha tenido mucha suerte ni muchas ganas. Yo hablo mucho de M, pero es que M es mi hermano y yo hermanos sólo tengo dos.

También hablo mucho de T porque es tan bonita como tener a Dios de cara y porque no se me ocurre nada mejor de qué hablar.

Ahora vamos mucho al hospital, casi todos los días. Yo no veo a R, pero T me cuenta que no mejora gran cosa, algunos días se ríe y otros no. De todas formas R nunca ha sido un tío muy divertido. Hace años invitaba a unos cuantos gitanos para que cantasen y bailasen en su casa. R es sueco pero aprecia el flamenco. Tiene un sombrero cordobés y lee a Lorca. También tiene un magnífico Horch de la Segunda Guerra Mundial metido en el garaje. Ahora con las operaciones lo saca poco y se está llenando de polvo.

Leí en el periódico que un pastor había derribado un helicóptero de una pedrada. Resulta que el helicóptero andaba por allí asustando al rebaño y al pastor se le ocurrió que a lo mejor conseguía ahuyentarlo a pedradas. Después aparecieron los de la televisión y los de la radio y los de los periódicos y al pobre hombre le faltaban piedras para sacarlos a todos de su prado. No debe ser nada fácil tirar un helicóptero de una sola pedrada. A veces las cosas son tan raras que hacen gracia, aunque se mate la gente. Fran cuando quería echaba a correr y yo no podía seguirle. Veía cómo se alejaba cada vez más y me entraban ganas de morirme, por eso me tiraba siempre al suelo y me ponía a gritar como si me hubiese roto una pierna, para que Fran diese media vuelta y me cogiese de la mano. Si corría otra vez deprisa se me escapaba la mano y no tenía más remedio que volverme a tirar por el suelo.

Después de Inglaterra me vine a Madrid y conseguí trabajo en una tienda de ropa de la calle Serrano. No era un buen trabajo, era un trabajo de mierda. Tenía una jefa y un encargado. La jefa era una mujer desagradable que a veces se creía buena y a veces mala y que al final era horrible todo el tiempo. Al encargado le parecía mal todo lo que hacía. Decía que no era rápido, y también que no tenía interés. Al encargado se le descolgaba el labio inferior hasta el suelo pero él parecía no darse cuenta. A veces la gente es feísima y aun así te manda y te grita como si nada. Yo tenía que llevar ropa a las casas de la gente; la gente compraba ropa y yo se la llevaba. Era sencillo y no veía por qué tenía que correr. Pero el encargado se ponía nervioso. Al encargado le sudaban las manos, le sudaban los pies, le sudaba el periódico y le sudaban los hijos. Por eso me fui con los hermanos de la Iglesia de Jesús de los Santos de los Últimos Días, porque a veces la porquería se te amontona alrededor y se te quiere meter por las orejas.

Una mañana entraron en la tienda dos miembros de la Iglesia de Jesús de los Santos de los Últimos Días. Vestían trajes negros y llevaban unas plaquitas de plástico con sus nombres. Yo había sacado mi nombre de una de esas plaquitas pero nunca había hablado con ellos. Sonreían todo el tiempo, como los orientales y los curas. El más alto se acercó a mí y me preguntó si era feliz.

—No, ¿y usted?, usted sí que parece feliz.

—Lo soy.

—Estupendo, ahora dígame cómo lo hace.

—Es cosa de Dios...

—O sea que a usted le quiere Dios más que a mí.

—Dios nos quiere a todos por igual.

—De verdad que me gustaría creerlo. Daría un brazo por una sonrisa como la suya.

—Si tú quieres, la tendrás.

—¿Dan de comer?

—No ignoramos las necesidades de nuestros hermanos.

Salí de la tienda con ellos, perdí el dinero de la liquidación, pero pensé que si la comida era buena podría compensarme.

—Por cierto, hermano, lo del brazo era una broma.

Sonrió aún más. Mientras caminábamos traté de imaginar cómo me sentaría uno de esos trajes.

Nos llamábamos Pastores de la Iglesia de Jesús de los Santos de los Últimos Días. Íbamos siempre de negro o de gris. Tenías que comprarte tu propio traje, ellos te daban la plaquita con tu nombre y no podías quitártela para nada, tampoco podías dejar de sonreír. No eran gran cosa pero al menos por algún tiempo Dios me quiso tanto como a toda esa gente.

Juan José de la Llave era un tío gordo y grande que nos robaba la merienda a Baigorri y a mí. Al principio me lo tomaba con calma, pero después se me hincharon las narices y le tiré una silla a la cabeza.

Yo me enfado poco, pero cuando me enfado siempre encuentro una silla para abrirle a alguno la cabeza. A veces parece que la gente se muere y otras veces no.

Una noche vi cómo atropellaban a una chica poliomielítica en la Castellana. Estaba justo a mi lado. Salió volando con todos esos hierros en las piernas y sus bastoncillos, todo por el aire a la vez, dando vueltas, después cayó a plomo como muerta. Mientras venía la ambulancia, me dijo que tenía que cuidar mucho al pequeño Juancho y me contó cómo hacerlo, cómo abrigarle bien al salir para el colegio, qué comida le gustaba más y hasta cuándo tenía que ir a revisarse la ortodoncia. Yo no sabía nada del tal Juancho, pero escuchaba muy atento, como si fuese a acordarme de todo. La tuve allí en el suelo, en brazos, casi una hora, hablaba y hablaba y la sangre no dejaba de caer por todas partes.

Al final llegó la ambulancia. En el hospital me dijeron que sólo tenía contusiones y alguna costilla rota, había perdido mucha sangre pero no era grave. Por eso digo que a veces la gente se cae como muerta y no lo está.

Un juez de tenis se cayó de su silla y se desnucó. Así es la vida, ni siquiera se trataba del juez principal que se sienta en la silla alta, sino de un juez de línea, de los que se sientan en sillas bajas. Pero allí se quedó el tipo, muerto por culpa de un pelotazo que le hizo perder el equilibrio. A veces uno se muere y da hasta risa, supongo que nadie tiene la culpa.

Mi madre nos llevaba al cine a Fran, a M y a mí, compraba las entradas, nos buscaba un buen sitio, nos daba la merienda y luego se marchaba corriendo a una reunión de trabajo. Ella decía que en un par de horas estaría de vuelta, casi siempre nos veíamos la película tres o cuatro veces antes de que viniera a recogernos. Un día se acabaron todas las sesiones y mi madre aún no había aparecido. Fran y yo nos asustamos pero M nos tranquilizó contándonos historias de Sang-Chi, hijo de Fumanchú, maestro de todas las luchas orientales. Se le daban bien esas historias.

Otra vez parecía que mis padres se iban a matar porque gritaban y se insultaban y nosotros no conseguíamos entender nada; entonces M nos dijo que no nos preocupáramos porque las cosas que parecían más graves eran precisamente las que menos importancia tenían. Me pareció muy lógico. Mis padres continuaron con aquello dos o tres horas más y después todo se calmó.

Pasé una semana trabajando en una tienda de juguetes, era un trabajo estupendo, podía probar todos los juguetes y luego hablaba con los niños y les explicaba cuáles eran los mejores. Se me daba bien. Vendía más juguetes que ningún otro vendedor porque a mí me gustaban, no trataba simplemente de colocárselos a los padres, intentaba que los niños se entusiasmaran con ellos, con los mejores y no sólo con los más caros. Pensé que estaría allí mucho tiempo, pero una tarde se me cayó una caja del almacén encima y me puso un ojo morado. El encargado me dijo que no podía tener a un vendedor que andaba todo el día pegándose con la gente. Yo no me había pegado con nadie, sólo había puesto mi ojo debajo de la caja del tanque teledirigido, pero el encargado se empeñó en echarme y me echó. Los encargados son el culo de los jefes, con ellos hacen siempre las labores más desagradables y sobre ellos se sientan para estar más cómodos y más altos. Un encargado tiene la capacidad de análisis de un pato de goma, así que no merece la pena cansarse explicándoles las cosas. A mí me gustaba el trabajo en la tienda de juguetes, era el mejor de todos los trabajos de mierda que he tenido.

El día que murió mi abuelo no fue un día especialmente desagradable. Cuando se te muere alguien te quedas sin saber qué pensar y todo parece sencillo y torpe, aunque haya gente de la familia llorando. El padre de T también se está muriendo y no sé qué decirle a T, porque si digo algo serio en seguida me parece tonto y si digo algo tonto después me parece poco serio, así que normalmente me callo y miro para el suelo. Antes de conocer a T me pasaba las noches bebiendo y andando por la calle, mirando a las putas y a los travestis. Primero pensaba en escribir algo acerca de todos ellos, pero luego empecé a aburrirme de esa historia y los travestis y las putas no me parecieron más interesantes que los fontaneros o las profesoras de piano.

El padre del padre de T ni siquiera ha venido a ver a su hijo, así que no tenemos que avisarle si le vuelven a operar o si le meten en cuidados intensivos o si le sacan de allí.

Le había pintado a T un cuadro muy bonito pero todo el mundo pasaba por delante sin decir nada. En el internado Bowie y yo pintamos las paredes de nuestra habitación. Bowie no se llamaba Bowie, pero yo le llamaba así porque a él le gustaba y porque no sabía cuál era su verdadero nombre. Yo tampoco me llamaba Elder. Un día en el metro vi a uno de esos locos de los Últimos Días y le robé el nombre. Sólo tuve que leer en su plaquita de plástico. Años después pasé un tiempo con todos aquellos santos sonrientes, pero nunca me crucé con el verdadero Elder Bastidas. Mejor que mejor. En cualquier caso pienso que Elder Bastidas es un buen nombre. A Bowie le conocí en el tejado. Yo pasaba allí casi todas las horas libres, porque en el internado entre los tíos duros, los tíos verdaderamente malos y los maricones no había quien estuviera tranquilo. Cuando eres nuevo tienes que tener mucho cuidado porque a la menor ocasión viene un maricón del último curso y te da por el culo. Aunque no quieras. Yo por si acaso me subía al tejado y lo miraba todo un poco por encima. Bowie no estaba cuando comenzó el curso, ni siquiera durante el primer trimestre, pero un día apareció por el tejado y al rato ya éramos buenos amigos. Desde que se fue Baigorri, el puertorriqueño, no había vuelto a tener otro amigo. No es que me hiciera mucha falta, pero me alegré de encontrar a alguien con quien se pudiera estar tranquilo sin tener que hablar demasiado. En el colegio cualquiera dice que es tu amigo, pero no te puedes fiar porque en cuanto te descuidas te venden. Si eres mitad niño mitad tomate, tienes que tener cuidado con la gente, no te puedes andar fiando así como así.

Bowie y yo nos movíamos por los tejados como verdaderos Ninjas, precisos y silenciosos. Caminábamos entre las sombras desafiando a la muerte y yo me ponía colorado cuando me daba la gana. Bajo nuestros pies los tíos duros y los verdaderamente malos se daban todos por el culo. Creo que a Bowie no le había peinado nunca nadie y por eso tenía cara de ser de otro sitio.

Cuando fue mi cumpleaños T me regaló una hebilla y una petaca y las dos cosas me encantaron. Cuando fue el cumpleaños de T le compré una pistola de agua y le pinté un cuadro. A T le gustó mucho el cuadro, se puso muy contenta y me llevó a cenar a un restaurante japonés. La comida era buena, pero no me apañaba muy bien con los dichosos palillos, así que le pedí al camarero un tenedor. El camarero resultó ser un tío gracioso, me dijo que no tenía tenedores y se rió un rato de mi torpeza, al final de la cena le llamé y le dije que me iba a dar bastante más maña metiéndole los palillos por el culo. A T no le hizo mucha gracia. A veces los camareros asumen su función de siervos miserables y son la cosa más repugnante del mundo. Piensan: «Yo sólo soy un camarero pero todavía puedo enseñarle a este imbécil cómo se come en Mi restaurante con Mis palillos de madera», en lugar de pensar: «Otro pobre tipo al que le están jodiendo los dichosos palillos de esta mierda de restaurante que me paga esta mierda de sueldo». Aparte de todo esto, la comida estaba buena, eran pescados crudos y cosas que parecían asquerosas pero que luego estaban muy ricas.

A T le gusta mucho la comida japonesa y también los animales y todas las cosas raras, como la medicina natural o las camas de algodón sobre tatamis de cebada prensada, creo que es cebada prensada, pero no estoy seguro. Afortunadamente no le interesan nada ni la astrología ni el budismo ni las energías interiores que salen del alma y te atan los cordones de los zapatos, y digo afortunadamente porque por alguna extraña razón todas estas cosas suelen venir juntas.

La verdad es que no le dije nada al camarero. Me hubiera gustado, pero supongo que para eso hay que nacer. Como para patinar sobre hielo.

Bowie y yo nos pasamos un fin de semana entero jugando a Bar Tijuana. La idea se le ocurrió a Bowie. Se trataba de cubrir toda la habitación con sábanas, de manera que no hubiese puertas ni ventanas. Lo único que teníamos que hacer era meter allí dentro algo de comida, mucha bebida y un par de cuadernos para apuntar todas las cosas graciosas o importantes que se nos fueran ocurriendo. Al final nunca apuntábamos nada. Ni que decir tiene que Bowie y yo nos manteníamos siempre a distancia, hablando pero sin abrazarnos ni nada por el estilo. Ni siquiera palmaditas en la espalda o apretones de manos. Nada. Bowie y yo no éramos maricas, éramos sólo amigos.

En Bar Tijuana no entró ni salió nadie durante dos días.

Él me contó lo de su hermana Elisa, me contó cómo se restregaba contra los barrotes de la cama y la historia me la puso dura y eso que ni siquiera conocía a su hermana Elisa. Yo le conté lo del francés, lo de las tortas con la mano abierta y lo de las tortas con el puño cerrado. Bowie se cagó en Dios, igual que yo.

A mí me gustaba Bowie tanto como andar por el tejado y creo que yo le gustaba a él tanto como él a mí.

Después de la operación de R seguimos pasando por el hospital todos los días. Yo me quedaba abajo esperando y nunca subía a verle, porque imagino que a nadie le apetece tener muchas visitas cuando le acaban de llenar de agujeros.

Cuando estoy con padres aunque no sean los míos, me acuerdo de lo peor, de los años del colegio. Mi madre siempre decía que ir al colegio no es tan horroroso pero pienso que hay muchas cosas que pueden matarme lentamente sin llegar a ser nunca tan horrorosas.

Ahora Bowie vive en Teruel, es guardagujas y duerme rodeado de gatos donde nadie puede verle. Me lo dijo su hermana Elisa, la de los barrotes. Llamé a Bowie para ver cómo estaba y Elisa me contó lo de Teruel y lo del trabajo de guardagujas, me lo dijo muy seria como si yo no supiera el trajín que se traía con los barrotes de la cama.

Estábamos todos esperando en la habitación 829, L. V., T, J, A y YO. Después vino también un cura con una gran sonrisa de esperanza y fe. El cura estuvo un rato hablando acerca de Dios y de mucha gente que ninguno conocíamos, pero que al parecer había pasado por trances como éste con entereza y coraje.

A mí no me gustan los curas y me siento mejor si no tengo ninguno cerca. Creo incluso que a M le han vuelto un poco loco los curas con tanto pecado, tanto demonio y tanta mierda.

La gente buena no se conforma con lo buena que es y tiene que estar mirando siempre lo malos que son los demás. Lo mismo les pasa a los hinchas del Barcelona. Yo siempre he sido del Real Madrid. Es un equipo como cualquier otro, pero es que en el fútbol si no tomas partido no te diviertes.

Mientras operaban a R vimos una película inglesa y dos concursos cortos. A mí los concursos no me gustan, no me gustan nada, no soporto que le regalen dinero a la gente así por las buenas. A T le parece curioso que pueda estar uno viendo un concurso y al segundo te llamen del quirófano para decirte que tu padre está bien, o mal, o muerto, o lo que sea. Los demás días yo no subía a la habitación, me quedaba en el bar bebiendo cerveza tranquilamente. Cuando operaron a R, la primera vez, nadie pensó que fuese a morirse y no se murió. Pasó toda la noche en cuidados intensivos y también los tres días siguientes. En cuidados intensivos no puedes entrar si no eres de la familia. La primera noche entraron T y L. V. y salieron las dos llorando. Cuando estás esperando en el hospital te miras las manos y los pies y miras las papeleras o las juntas de los baldosines porque no sabes qué hacer ni adónde mirar y a veces te entran ganas de reírte de lo raro que es todo. Como en misa.

El padre de T ha salido bien de la operación. Tiene que estar cuatro o cinco días en la UVI, pero según dijo el médico evoluciona favorablemente. T pasa tres o cuatro horas al día en el hospital, después sale a comer con L. V. o a merendar o a cenar o simplemente a dar un paseo para que L. V. descanse un poco. A L. V. le gusta salir con T, son las dos como niñas y van hablando de ida y de vuelta de sus cosas pequeñitas; coronas de flores secas para las velas y figuras de madera para poner mensajes en la nevera, como en el sueño.

T y su amiga Candela se pasaron la tarde rezando en la ermita de Puerta de Hierro. T no solía rezar mucho pero Candela le pidió que fuese con ella porque sus padres querían divorciarse y Candela se ponía a llorar con sólo pensarlo. Así que rezaron y rezaron durante toda la tarde. Cinco semanas después el padre de Candela se pegó un tiro en la cabeza. Todavía estaba casado. A T le dijeron que la operación era sencilla pero luego su padre se pasó seis horas en el quirófano. Al llegar al hospital el taxista no tenía cambio, T le dijo que bajara a cambiar pero el taxista no quiso. T insistió y el taxista se negó cien veces. Al final T se enfadó muchísimo y le tiró el dinero a la cara. Entonces el taxista también se enfadó y se puso a insultar a T. Al final me enfadé yo y empecé a pegarle patadas al taxi por un lado y por el otro. El taxista quería salir a matarme, pero como yo le pegaba patadas a la puerta no podía. Menudo tío mierda.

A Fran le gusta la gente tan poco como a mí. Siempre dice que a la gente en general no hay quien la aguante.

A veces pienso en matar a una de esas señoras que andan siempre preguntándote de qué piso eres cuando bajas a la piscina. Yo soy del séptimo C, del edificio Tres, de la fase IV y voy a saltarle los sesos a alguien antes de que termine el verano. Cuando voy a la piscina intento que nadie me toque porque me da bastante asco. Si me pongo a pensar que la gente se mea y suda y babea dentro del agua me vuelvo a casa y no me baño más en tres o cuatro días.

Una vez el padre de Luis Godet nos llamó ridículos. Estábamos jugando a las corridas de toros. Primero uno hacía de toro y después de torero, banderillero, picador o caballo. Para hacer de toro se ponían los dedos como si fueran cuernos y se iba uno derecho al engaño. A la hora de matar tenías que clavar una vara de palo en un montón de arena sobre el que trazábamos una cruz que venía a ser el hoyo de agujas. Al montón de arena le dábamos forma de toro visto desde arriba. Cuando Antonio Álvarez Cedrón Hernández estaba igualando al animal pasó el padre de Luis Godet y nos llamó ridículos. No supimos qué contestar. Antonio se distrajo y la estocada se fue baja. Hasta le dieron un aviso antes de que acertase con el descabello. Al padre de Luis Godet no le importó que a Antonio Álvarez Cedrón Hernández se le escurriese la gloria después de una faena de arte, porque el padre de Luis Godet es otro tío mierda. Lo malo del montón de arena es que se estaba quieto todo el rato y no se podía matar recibiendo.

II

El mayor asesino de la historia criminal británica se llamaba Dennis Nilsen. Desde 1978 hasta 1983 asesinó a dieciséis personas.

Se trataba de un tímido funcionario del Estado nacido en la fría y salvaje costa del norte de Escocia. Sus padres se llamaban Olav y Betty. Tenían dos hijos más y vivían todos en Fraserburgh. Dennis Nilsen tenía dos cuerpos troceados metidos en el desagüe de su edificio y dos o tres cabezas, un torso y un brazo sin mano dentro del armario de su cuarto.

Vivía sólo con su perra *Bleep*. Al ser arrestado Nilsen, *Bleep* fue llevada a la comisaría de Hornsey, donde el detenido podía oírla gimotear desde su celda. Allí escribió: «Me avergüenzo de que sus últimos días sean tan dolorosos, ella siempre me lo ha perdonado todo». *Bleep* murió bajo anestesia una semana después.

Issei Sagawa medía un metro cincuenta y tenía el cuerpo débil y canijo por culpa de un nacimiento prematuro. Primero estaba realizando su tesis doctoral en la Sorbona acerca de las similitudes entre la obra del Premio Nobel de Literatura japonés Yasunari Kawabata y el surrealismo francés, después se comió a su novia holandesa. Ahora se habla mucho de Sagawa porque el verano pasado detuvieron a Tstomu Miyazaki, un joven de veintisiete años que asesinó a cuatro niñas y comió trozos de carne de dos de ellas. Lo cierto es que a pesar de las apariencias uno y otro caso tienen muy poco que ver. En el periódico del domingo venían dos fotos de Sagawa y una pequeñita de su novia holandesa. No he querido que T lo viera. A los japoneses, según él mismo cuenta, les vuelven locos las mujeres occidentales. Es por una especie de complejo de inferioridad.

Issei Sagawa era un japonés culto, licenciado en Filosofía y Literatura. El 11 de junio de 1989 disparó por la espalda a Renee Harvtevelt; después descuartizó el cuerpo con un cuchillo eléctrico y se comió parte de la carne. En el interrogatorio que siguió a la detención Sagawa dijo haber estado obsesionado por la antropofagia desde que era un niño.

A veces me da horror y no quiero ni pensar en el maldito japonés caníbal. Si yo fuera Sagawa me reventaría el cerebro de un balazo. Hay ciertas cosas por las que no se puede pedir perdón.

Diego Alconchel, cansado de la insistencia con la que la profesora de Literatura despreciaba su cara de no sé bien qué cara poner, decidió, finalmente, presentarse en clase con una careta del Pato Donald.

Diego Alconchel estuvo un mes calvo por culpa de un proceso de regeneración urgente del cabello. Tenía un gorro de lana y no se lo quitaba para nada. Luego, con el tiempo, perdió el miedo y le dio por enseñarle la calva a todo el mundo. En la clase de T una niña llegó con un verdugo y no se lo quitó en todo el día. Dio Matemáticas y Física y Ciencias Sociales con el verdugo puesto; al final la profesora de Historia se empeñó en que se sacara el verdugo de la cabeza y aparecieron delante de toda la clase las horrorosas coletitas que su madre le había hecho bien temprano antes de salir de casa. Eran dos coletitas enanas y ridículas colocadas en la coronilla como a ojo.

T todavía se pone triste cuando lo cuenta.

T y su madre habían estado de compras; al principio L. V. no quería nada, pero luego volvió al hospital con un montón de cosméticos que T le regaló. También trató de hacer bromas muy graciosas, pero como no habla demasiado bien el español le salieron todas un poco raras.

Sagawa está en la calle. Ha cumplido nueve años de condena y ahora está libre. Tiene tres libros que va a publicar en Francia. El primero se llama *Shinkiro (Espejismo);* el segundo se llama *Sante,* y está dedicado a la etapa de represión parisina; el tercero se llama *Canibalismo no yume (Sueño de caníbal).* Sagawa no se comió a su novia entera, sólo se comió un trozo. El resto de los pedazos los abandonó dentro de dos maletas en el Bois de Boulogne. A la pregunta de si se puede matar por amor respondía: «No, jamás, por amor no se puede matar, lo que hice ha sido mal interpretado». También decía: «Me da miedo pensar en el futuro. No tengo muchas posibilidades de fundar una familia, ni siquiera mi hermano ha podido casarse».

En la casa de Las Rozas, después de mucho llover, salían por todas partes unos colores de mentira, como los de Van Gogh. Mi madre venía detrás machacándome la cabeza con la historia de la expulsión. Yo acababa tan aburrido que ya no podía estar triste, ni enfadado ni nada.

Iván Bernaldo de Quirós Uget era un niño divertido que se conducía como un demente, comía tinta, pegamento, croquetas, cromos y gritaba y se agitaba y se tiraba en el suelo y se ponía a patalear. El padre José María, el de los mapas de Israel, me contó que Iván se había estrellado contra un muro de cemento con el coche de su padre. La hermana de Iván se llamaba Elena y tenía el segundo culo más grande que he visto en mi vida. No parecía una niña, parecía un culo con pies.

Paquito de Ribera Andrés se cagaba, todos los días se cagaba encima. En primer curso, en segundo curso, en tercer curso..., se cagaba y se pasaba después todo el día sentado sobre su propia mierda, de modo que nadie quería sentarse detrás de él, ni mucho menos en su mismo banco. Yo me pasé dos años sentado al lado de Paquito de Ribera Andrés. Gracias a toda esa mierda acumulada nadie se acercaba a darnos la lata. El olor se aguantaba bien en invierno y peor en verano. Era como mierda caliente reconcentrada con cierto aroma a pis y a ropa mojada y podrida. Lo peor de Paquito de Ribera es que ni siquiera era un tío agradable, era sólo un cagón cobarde.

Nunca me acostumbré a las cajoneras, tenías que meter allí todos los libros a presión y los cuadernos y los lapiceros y los papeles sueltos de hacer dibujos. Al final estaba todo tan apretado que no conseguía sacar nada. Además, las cosas se desparramaban dentro de la cajonera y me resultaba imposible saber lo que era mío y lo que era del cagón.

Cuando yo era pequeño mi padre y yo veíamos combates de boxeo por televisión. Eran veladas americanas que caían aquí a las tres o las cuatro de la mañana, por lo del cambio de horario. Mi padre me sacaba de la cama y nos quedábamos a verlas los dos solos. Una de esas noches vi al Evangelista aguantarle doce asaltos a Mohamed Alí. El grande pegaba y pegaba pero el Evangelista parecía una pared y no se caía nunca. Otra noche un entrenador había llevado cuatro campeones a una velada amateur. Los tenía metidos en el coche. Cuatro futuros campeones del mundo; al volver tenía cuatro paquetes con el culo de plomo. La mayoría de las veces las cosas no salen como uno espera, salen mucho peor.

El padre de T ha salido de cuidados intensivos, por ahora sólo puede sentarse, pero en uno o dos días empezará a andar por la habitación. Tiene una nueva cicatriz pero está debajo del pijama.

L. V. se alegra de tener a R otra vez en la habitación y se lo cuenta a todo el mundo. Hace unos días T puso una cara que me recordó muchísimo a R, era una cara como para abajo, triste y resignada y también simpática. T recuerda ahora todo lo más bonito de R: los pantalones de cintura alta hechos a medida, los gitanos que merendaban en casa, los libros de aviones y su decisiva intervención en la defensa de Escandinavia durante la Segunda Guerra Mundial.

El hermano de T tenía un milquinientos de juguete. Era grande, rojo y descapotable. Iban los dos sentados muy serios, T se ponía un pañuelo en la cabeza, por el viento. Cuando su hermano daba pedales, los pedales de T le golpeaban en los tobillos. Una mañana el hijo del portero despeñó el milquinientos por un terraplén, el hermano de T viajaba solo y salió ileso. El hijo del portero no era mala gente, pero empujaba con demasiado entusiasmo. El hermano de T es un tío simpático que está loco por los Jaguar. Tiene unos trajes muy elegantes hechos a medida como los de su padre.

Mónica Manini era alemana, rubia y rica. Tenía una casa grande que le daba varias vueltas al jardín y una piscina con trampolín y luces de las que iluminan dentro del agua. En el cuarto de juegos había un tren eléctrico montado sobre una mesa de seis metros. Era un tren alemán, mucho mejor que los trenes de aquí. Tenía estaciones, casas, puentes, puestos de periódicos, gente andando, gente en bicicleta, coches y máquinas antiguas de las de vapor. Tenían también un cine de súper ocho con cientos de películas. Cerca de la piscina había un gimnasio, con máquinas, pesas y un saco. Las fiestas de Mónica Manini eran las mejores de todo el barrio, ponían cuatro mesas larguísimas llenas de comida y diez o doce chicas del servicio atendían a los niños.

Cuando estábamos en la piscina resultó que a Fran le daba miedo saltar desde el trampolín. Habían saltado todos, hasta las niñas, pero a Fran le daba miedo y estaba subido ahí arriba sin saber muy bien qué hacer. Los niños de la jodida fiesta de Mónica Manini se reían de él, de Fran, y yo no paraba de tratar de ahogarles porque no soporto que se rían de mis hermanos, de ninguno de los dos. Al final Fran saltó, pero algunos imbéciles siguieron riéndose toda la tarde. Fran y yo terminamos por partirle la cabeza a un tal José Luis Vallejo. Al principio este Vallejo era un tío muy listo y ocurrente haciendo bromas sobre Fran, pero luego se puso a llorar como un mierdecilla.

No nos volvieron a invitar a las fiestas de Mónica Manini, pero a Fran y a mí nos dio un poco igual porque nunca hemos sido muy buenos en las fiestas, no se nos da muy bien lo de bailar con las chicas y al final quedamos siempre un poco como idiotas a base de ponernos colorados todo el rato.

El 14 de noviembre de 1967 el Vietcong y las fuerzas norvietnamitas, llegadas a Vietnam del Sur por la serpenteante ruta de Ho Chi-Minh, empezaban a apuntarse las primeras victorias importantes. Dak To, Gio Dinh y Khe Sahn le enseñaban al mundo que el ejército americano no era invencible.

En *Vietnam no era una fiesta* venían todas esas fotografías famosas, como la del soldado disparando sobre la cabeza de un vietnamita con las manos atadas a la espalda.

Creo que a T no le gustaban mucho estas historias de Vietnam y de Sagawa y de Manson con sus ojos de poseso y sus pintadas en sangre, a lo mejor se fue por eso, no lo sé. El caso es que yo había llorado otra vez como un niño tonto, más aun que el día que murió Steve McQueen. También había estado llamando al hospital pero L. V. no me decía nada de T. A veces pasa que a ti te gusta mucho alguien y tú a ese alguien le caes fatal. A lo mejor a L. V. le caigo fatal. Puede ser, porque yo nunca le he caído muy bien a nadie.

Desde que T se marchó he estado muy mal, aburrido y avergonzado como en el colegio, con todas las ideas torcidas y violentas dando vueltas por la cabeza. Cuando me acuerdo de los tíos de mierda que se tiraban a T las ideas se vuelven más negras todavía y me da por pensar que voy a ser un magnífico asesino de niños a poco que me ponga. Fran tarda un poco más que los demás en tirarse a la piscina, pero no veo dónde coño está la gracia. Los niños no tienen nada de mágico la mayoría de las veces, son la misma mierda en dimensiones reducidas.

A mí me gustaba sentarme al lado de Paquito de Ribera con toda su mierda pegada al banco y todos los libros atascados en la cajonera, me hacía sentir como un subversivo. Paquito y yo éramos terroristas y teníamos mucha mierda amontonada para que nadie se nos acercase a sonreír o a ser buen amigo o a pedirnos de nuestra merienda. T no sabe muy bien lo que hace, por eso se va. Yo quiero mucho a T, pero eso termina por no servir para nada.

En mis muchos trabajos de retrasado mental he ido madurando la idea del asesinato y creo que ésta tiene mucho que ver con la incapacidad de soportar a los demás y con la incapacidad de soportar que los demás tengan razón. Los consejos de todo el mundo, incluidos padres y madres, acostumbran a ser insoportablemente acertados, pero eso no lo hace más fácil, al contrario, lo hace peor y más difícil. Cuando el encargado de la tienda enmendaba mi trabajo hacía bien, porque mi trabajo era malo y cuando la jefa me volvía loco con sus gritos diciendo que yo no sabía nada de trajes ni de modas ni de nada, también acertaba de lleno y eso es precisamente lo que puede llevar a alguien como yo, casi indiferente a todo, a sacudirle a otro en lo alto de la cabeza hasta que los sesos y la sangre se desparramen por el suelo. Sobre todo ahora que T no está. Porque cuando T me decía cosas buenas no me costaba nada verlo con más calma, pero ahora ya no tiene mucho sentido.

Supongo que en esta vida todo el mundo tiene que hacer algo y si ese algo no te gusta, pues mejor, porque te estás ganando el cielo, o al menos el derecho de poder aconsejar.

Me refiero a que si te jodes y te aguantas un poco puedes decir: «Mira, yo también hago muchas cosas que no me gustan», pero si resulta que eres incapaz de hacer cosas que no te gustan, entonces estás perdido y sólo te queda sentarte a esperar que lo poco bueno que te ha pasado en la vida se haya marchado.

Después piensas en reventarle la cabeza a una de esas ancianas que van a merendar y que han sufrido tanto y con tanto oficio todo este tiempo.

Cuando era niño, en cambio, era guapo y gracioso. Después empecé a ponerme colorado por todo y ni Dios, ni la Virgen, ni nadie le puso remedio a eso. Hasta hoy. M y Fran son buenas personas y eso siempre hace que me sienta bien. Fran nunca tuvo un Actionman, así que yo le dejaba el mío. A Fran le hubiese dejado una pierna.

Antes de conocer a T no había hecho gran cosa, por eso no pasa nada si voy y me olvido. Mi padre tenía un coche de hojalata y otros muchos coches y soldados de cartón que él mismo hacía. Primero dibujaba la figura en un cartón y después la recortaba y le doblaba las pestañas. Los recortables tienen que tener pestañas porque si no no se sujetan. Los mejores recortables eran los de Al Capone y su banda. Todos los gánsters llevaban una Thompson de tambor circular. El abuelo de mi padre, o sea, mi bisabuelo, era el tutor de Alfonso XIII. Por eso mi padre y mi familia siempre han sido monárquicos. Al tío Paco le arrancaron una pierna los rusos. El tío Paco era un héroe de la División Azul. Volvió de la campaña de Rusia sin una pierna, pero con muchas medallas preciosas que mi abuela nos enseñaba cuando éramos niños. La División Azul la comandó Muñoz Grandes hasta que

Franco decidió sustituirlo por el general Esteban Infante. A Muñoz Grandes le concedió el Führer la Cruz de Caballero de la Cruz de Hierro y las Hojas de Roble. A mi tío Paco le pillaron seis a la salida de una casa de putas, sólo tenía una pierna, pero la movía con gracia. Le dieron hasta que se le cayó el alma a los pies. El tío Paco siempre llevaba un bastón estoque pero esa noche no le sirvió de nada. Hasta ahora no ha habido más héroes en mi familia, pero eso no es grave porque hay familias que nunca han tenido uno.

El tío Carlos también quiso alistarse en la División Azul, pero le mandaron a casa porque no tenía más de quince años. Yo ni siquiera hice el servicio militar, me sortearon y salí excedente de cupo.

A mí los militares nunca me han gustado, ni mucho, ni poco, ni nada. Me gustaba mi tío Paco, pero es que él estaba cojo y tenía un bastón estoque.

En el colegio dirigí, escribí y protagonicé una representación teatral sobre la Pasión de Cristo. No es que me apasionase la historia, pero era eso o el montaje de la cadena del ADN con todos los niños vestidos de cromosomas. Estábamos quince en aquello, pero al final sólo yo me sabía los diálogos, así que no hacía más que hablar todo el rato. Hablaba por los soldados romanos, por el pueblo de Israel, por los doce apóstoles, por Pilatos y por la Virgen. También por Cristo, claro, pero ése era mi papel.

A Julio Villalobos le partí un brazo. No tiene nada que ver con la Pasión de Cristo, ni siquiera era el mismo colegio. No basta con dar fuerte, hay que dar donde duele.

Ahora estoy buscando trabajo. He trabajado en mil sitios, pero nunca he hecho nada bien. Eran sólo trabajos de idiota, en realidad casi todos lo son. Trabajos de subir esto aquí o de guardar lo otro debajo de la pila de la derecha o de apilar las cajas en el centro poniendo toda la atención; en fin, un mierda.

Mi padre y mi madre deberían haberlo visto. Tanto dinero gastado en colegios para ministros y lo más que consigo es apilar cajas. Qué le vamos a hacer. A lo mejor ni siquiera soy especialmente tonto, a lo mejor es que mi reino no es de este mundo. Le he dicho a L. V. que quiero comer con ella en el hospital, pero creo que no le ha hecho mucha ilusión. Si no pensase que estoy loco me mandaría al cuerno. A lo mejor T le ha contado cosas raras de mí y anda ahora preocupada por lo que pueda hacerles.

Mañana voy a buscarme otro de mis trabajos de idiota para recuperar un poco de confianza y, de paso, para poder comer. Antes T lo pagaba todo, pero eso ya se acabó, así que voy a buscar trabajo y después ya veremos cómo me organizo.

Tengo los ojos grandes y marrones, y el pelo negro y las manos largas. Las manos de T no son ni la mitad que las mías. Mi madre es rubia, creo que teñida, pero yo siempre la he visto así. Mi padre es moreno, como Fran, y lleva unas gafas de pasta negras y antiguas. M vive con mis padres y no se queja mucho de nada. Fran estudió Económicas y luego hizo un máster en el Instituto de la Empresa, un máster MBA, creo.

Yo no me llamaba Elder Bastidas pero ahora me llamo así porque me suena más mío. El nombre se lo robé a uno de esos tíos mierdas de la Iglesia de Jesús de los Santos de los Últimos Días mucho antes de que me enrolase con ellos. Pienso que Elder Bastidas es un buen nombre.

T es una chica bonita como una niña. Sagawa se la habría comido. Vi una foto de Renee y no era ni la mitad de bonita que T, era más bien una alemana gorda con cara de hogaza de pan.

Yo he estado en Inglaterra y he trabajado en un montón de cosas, pero cuando quiero acordarme me aburro.

De niño también me aburría, sobre todo los domingos en misa porque había que levantarse y arrodillarse y sentarse y había que saber también un montón de oraciones, yo quería decir hijo de puta o mierda o me cago en Dios o algo, pero al final nunca decía nada.

Los padres de T son protestantes. R no quiere que le entierren envuelto en una sábana, quiere que le entierren con uno de sus trajes a medida con la cintura alta. A mi tío Manolo le enterraron vestido de Caballero Templario, era uno de los últimos supervivientes de la Orden. Mi tío Manolo también tenía alguna medalla de la guerra civil, pero no sabía nunca dónde las había metido. T estuvo algún tiempo recibiendo clases de equitación, al principio sólo daba vueltas en el picadero, pero luego galopaba y saltaba. En verano salían al campo y corrían todos detrás del profesor. En clase de T había diez o doce jinetes, algunos mucho más mayores que ella, pero T era la mejor. Durante el invierno daban las clases en el picadero. Una vez el caballo de T se desbocó y empezó a correr y a saltar todos los obstáculos sin saber dónde ir, pero T no se asustó, sujetó bien las riendas o las aflojó, no sé, no tengo ni idea de cómo funciona un caballo, el caso es que dominó al animal. R estaba allí mirando a su pequeña niña rubia, tan orgulloso que no paró de gritar y aplaudir, aun cuando T ya se había bajado del caballo. Gritaba tanto que T sentía vergüenza y un poco de rabia.

Carlos García-Matascues tenía tetas. Era un chico alto y feo, llevaba gafas y tenía tetas. En el vestuario todo el mundo se reía de él. Yo no me reía, pero tampoco hacía nada por ayudarle. A mí no me importa que un tío tenga tetas, pero tampoco voy a partirme la cara con media clase por defenderle.

Cualquiera que sonría mucho puede acabar volviéndote loco si lo miras un buen rato, así que no me pareció prudente quedarme con los santos de los Días de la Iglesia de Cristo de los Últimos Santos mucho tiempo.

Cuando me fui, trataron de quedarse con mi traje, pero yo me negué porque el traje era mío. No era un traje muy bueno, pero sí un traje bonito con chaqueta de tres botones y pantalones estrechos. Tampoco era un traje caro, pero no tenía por qué regalárselo a nadie. Yo la verdad es que no sé muy bien qué hacía con esa gente; no eran simpáticos, no eran graciosos, ni siquiera daban bien de comer. Supongo que las cosas que hacía antes de conocer a T eran todas un poco tontas, como si no supiese muy bien por dónde ir y por dónde no. Mi padre siempre insiste en que una educación esmerada como la que yo he tenido no se ajusta a mi comportamiento, pero es que, sinceramente, no sé qué es lo que tengo que hacer para acertar.

Si mi padre pudiera verme, la mayor parte del tiempo no sabría qué narices me pasa.

Con T las cosas en general parecían mejores. Aunque siempre he pensado que no eran cosas mías o cosas para mí, así que tampoco me extrañó tanto cuando T se fue y ni siquiera quiso hablar conmigo por teléfono.

Con una Magnum 44 se puede tumbar a un elefante. T y mi padre y mi madre y Fran y M no entienden para qué quiero una Magnum 44. En la casa de El Plantío teníamos una piscina pequeñita y yo me hacía cien o doscientos largos todos los días del verano.

He aprendido algunas cosas que probablemente algún día me sean útiles, muchas ni las recuerdo, porque a mí todo se me olvida deprisa. No sé qué coño hacía en Inglaterra, ni qué comía, o si limpiaba la casa o si no la limpiaba. Eso sí, sigo sabiendo coger bajos de pantalón, eso lo aprendí bien mientras estuve en la tienda de ropa y todavía no lo he olvidado. Lo importante es igualar la altura, dejando correr la tela entre los dedos, más fácil en tejidos de invierno, lana-algodón, lana virgen o lana con acetatos y más difícil en los tejidos ligeros; linos, viscosas y popelines. Yo no solía aceptar propinas, pero una señora vieja me metió mil pesetas en el bolsillo de la chaqueta sin que me diera cuenta y luego tuve que devolvérselas, las metí en un sobre y se las di al portero. De lo demás no recuerdo prácticamente nada.

Estaba con T y T se fue. Yo pensaba que iba a estar con ella toda la vida.

A veces una mujer te quiere, pero luego deja de quererte y se va, o se enamora de otro, aunque sea un imbécil, porque eso al principio nunca se nota. Yo fui impotente algún tiempo, porque confundía a la santa y a la puta o porque no sabía confundirlas, no sé, el caso es que ni Fran, ni Baigorri, ni yo teníamos mucho éxito con las mujeres. Antes tenía a T y ahora no. De todas formas, no podría hacer daño a una mujer; mi abuelo fue tutor de Alfonso XIII.

Los tíos que se follaban a todas las chicas guapas con catorce, quince o dieciséis años deben estar ahora más tranquilos. Los tíos que se follaban a T, por ejemplo, seguro que tenían la polla bien tiesa a los dieciséis y eran guapos y altos y ocurrentes. Por eso probablemente he perdido a T, porque aún me debe de quedar algo del jodido tomatito peleón que fui durante los días del colegio.

Lo bueno de los trabajos sencillos es que te mantienen las manos ocupadas un buen rato y después te vas a casa tan cansado que no puedes pensar en nada, te metes en la cama y te duermes. Creo que de alguna manera, tarde o temprano voy a tener que matar a alguien. Si me dieran a elegir no me importaría empezar por uno de esos que ponen vidrios rotos sobre las vallas de sus casas. Se puede matar a un mierda de ésos igual que se puede acabar con los que le dan al balón sin pararse a mirar dónde va, sin el menor remordimiento. Yo a T nunca le hablaba de estas cosas, así que no sé por qué deja que se le suba encima cualquier imbécil.

Arturo bailaba con T y la gente se paraba a mirar: merengue, cumbia, joropo, a veces me gustaba, pero otras veces se me calentaba la sangre y lo ponía todo difícil, gritaba y hacía el ridículo, y T se quería morir porque Arturo es un buen amigo y yo lo sacaba todo de quicio. A veces no sé qué coño pasa pero se ponen las cosas negras y no hay forma de acertar.

He acudido a tres entrevistas de trabajo, pero no he salido muy contento. Hace falta ser muy listo y contestar muy bien a todas las preguntas para conseguir un trabajo que podría hacer un queso de bola sin poner en ello los cinco sentidos. En la tienda de ropa aprendí a recoger bajos de pantalón, dejaba correr la tela entre los dedos y luego ponía todos los alfileres en línea. T ganaba dinero para los dos y yo no tenía que preocuparme de comprar comida y bolsas de basura y desinfectante para la cisterna del baño. Ahora T ya no está, así que me he puesto a buscar trabajo otra vez. Cuando no tenía nada de dinero siempre conseguía de alguna forma lo suficiente para comprar el desinfectante para la cisterna del baño porque me encanta que salga el agua azul cuando tiras de la cadena.

Me gustaría darle a uno de los viejos que te abollan el coche con el bastón si aparcas un momento sobre la acera o delante del paso de cebra. Me gustaría atizarles unos buenos capones y me gustaría meterles los bastones por el culo.

A veces te hacen preguntas trampa y tienes que ser muy rápido para contestarlas bien. Una pregunta trampa puede ser: «¿Qué prefiere usted, ganar mucho dinero o ser apreciado dentro de la empresa?»; si respondes que lo que más te importa es el respeto de tus compañeros y tus superiores, descubren que eres un pedazo de mentiroso y no te dan el trabajo.

Yo solía ser muy bueno con las preguntas inteligentes previas a los trabajos de idiota, pero al parecer ahora no estoy en mi mejor forma.

Mi padre suele decir que no hay que obsesionarse con las cosas, pero hoy he estado en la piscina y he visto a todas las mujeres que aún deberían ser hermosas y que tienen esos culos tan gordos y caídos para los lados y no he podido evitar pensar en T, porque ella tiene un cuerpo hermoso y firme. También he pensado que no sería mala cosa morirse antes de que el cuerpo empiece a tomar posiciones de franca desventaja.

Durante las vacaciones de verano los hermanos de T salían fuera, se iban a campamentos en las montañas o a cursillos de inglés en el extranjero. T se quedaba en casa porque todavía era demasiado pequeña, se sentaba entre R y L. V. y se quedaba ahí quieta sin decir nada. Un día se puso a llorar porque se le ocurrió que R y L. V. se iban a morir antes que ella. R y L. V. le dieron muchos besos y apretujones de los que se les dan a los niños.

En el supermercado he visto señoras que van por ahí temiendo lo peor, con cara de continuo acoso. Empujan y hablan solas y todo les molesta y se creen que pueden quedarse mirándote fijamente las orejas o los zapatos con esa cara de asco. A algunas les pillo los talones con las ruedas del carro. No se las deja cojas con eso, pero duele bastante.

Fran y yo teníamos un transistor que nos trajo mi madre de Ceuta. Se nos caía al suelo un día sí y otro no y perdía tres o cuatro piezas cada vez, pero seguía sonando como si nada. Era algo incomprensible.

Una noche M agarró la mesa de la cocina y la tiró contra la pared, saltamos corriendo de la cama y nos pusimos a buscarle por toda la casa, al final le encontramos en el garaje. M ha estado muy mal, pero ahora vive más tranquilo. Mis padres cuidan de él. Cuando llamo por teléfono está cariñoso y contento. Ahora que T se ha ido no creo que vaya a preocuparme mucho por los demás, pero no pienso dejar que nadie le haga daño a M.

He conseguido trabajo en una tienda de hamburguesas. Es una tienda grande que pertenece a una cadena aún más grande con establecimientos en todo el país. Está toda decorada en rojo, amarillo y naranja. Tiene fotos de las hamburguesas, para que la gente las vea y elija. Las hamburguesas que servimos son considerablemente más pequeñas que las que aparecen en las fotos. Tenemos doce tipos distintos de hamburguesas; con queso, con bacon, con lechuga, con cebolla, con salsa barbacoa, con tomate y mostaza o bien sin queso, sin bacon, sin lechuga, sin salsa barbacoa, sin cebolla, sin tomate o sin mostaza. Te puedes comer una hamburguesa sólo con el pan, pero te cuesta lo mismo que una con tomate y mostaza, así que no sé si merece la pena. Entro a trabajar a las nueve de la mañana, pero me levanto a las ocho para no llegar tarde. Lo primero que hago al entrar es pasarle un paño a las mesas, un paño húmedo, si alguna está muy sucia le pongo detergente al paño, pero normalmente no hace falta. Después voy a la cocina y me ocupo de las patatas fritas y los aros de cebolla. Mi padre pensaba que yo tenía madera de diplomático, pero lo cierto es que la mitad de las patatas fritas se me caen fuera de las cestas. Aquí no sólo servimos hamburguesas, tenemos también algunos platos combinados con los nombres en inglés, pero yo personalmente pienso que uno no debe comer nada que no pueda pronunciar con facilidad.

Leonardo-Panamá tenía pinta de ser algo bueno, se movía deprisa y pegaba con ambas manos, también encajaba, y salía y entraba tan rápido que no había forma humana de verle ir y venir. Se llamaba Leonardo Palacios, pero en el gimnasio todos le decían Panamá, y él llevaba un apodo tan grande con la ligereza de quien se sabe buen bailarín y al tiempo pegador y fajador y técnico e intuitivo y, en resumen, verdaderamente bueno.

A Leonardo le conocí descargando en Mercamadrid. Estuvimos un tiempo trabajando juntos y fui a verlo a un par de combates, después dejé lo de Mercamadrid y volví a dormir hasta tarde. Si has nacido en el seno de una familia elegante nunca te acostumbras a tener un saco sobre la espalda, supongo que es cosa de la genética.

Leonardo tenía una novia que le quería mucho y bien, pero no puedo recordar cómo se llamaba.

De lo único que me arrepiento en esta vida es de no haber sido boxeador.

También conocí a Tully, que vivía con una mujer que había sido novia de un indio y de un chino y de un negro y que después anduvo con Tully, probablemente porque era medio irlandés. Tully había animado mucho a un chico de dieciocho años alto y rubio como un danés. Le había dicho cosas de las grandes, pero sólo para que el chico fuera a que le partieran la cabeza.

Tully era uno de esos tíos con el culo lleno de plomo que andan siempre pegados al suelo. No estaba muy contento porque todo le había ido considerablemente mal desde que dejó el boxeo amateur, así que pretendía repartir un poco de su mala suerte.

Tully salía de todas las peleas preguntando siempre lo mismo:

—¿Me han tumbado?

El rubio danés terminó descargando en Mercamadrid, era otro culo de plomo.

Una vez vi en el cine una película estupenda, se llamaba *Los cuatrocientos golpes.* Lo mejor era cuando salían los niños viendo el guiñol, tenían sus caras de asombro y esas caras que ponen los niños que no se sabe bien de qué son y que cambian todo el rato; agitándose, meneándose de un lado para otro, tocándole la oreja al de al lado y chupándose la solapa del abrigo. Eran niños de antes, de los que tenían las orejas grandes, para agarrar, como si fueran asas. La película trataba de un niño que salía por ahí con su amigo, se escapaba de casa, no iba al colegio, dormía en una fábrica, bebía botellas de leche de los portales, plagiaba a Balzac en los ejercicios de redacción, robaba una máquina de escribir y después la devolvía disfrazado de enano, con bigote y sombrero. Al final le encerraban en un reformatorio, pero se escapaba y acababa corriendo por la playa. Era una película estupenda, no había que pensar mucho, sólo había que verla.

Tampoco hay que pensar mucho para joder, sólo hay que darle y darle hasta que sale todo disparado como por arte de magia. Cuando tengo la polla dura me siento bien, como si fuese a derribar un muro con ella.

En la tienda de hamburguesas somos catorce, siete en el turno de mañana y siete en el de tarde. Yo estoy en el de mañana, pero a veces me pasan al de la tarde, si alguien se ha puesto enfermo o tiene el día libre. Mi día libre es el martes, aunque como salgo a las cuatro puedo hacer lo que quiera durante toda la tarde. Normalmente me voy a casa y veo la televisión. A mí me encanta la televisión. Lo que más me gusta es el boxeo, luego el fútbol y luego las películas. Lo que menos me gusta son los concursos. Cuando ponen un concurso cambio el canal o apago, según me da. Alicia y Ramos están fuera cogiendo los pedidos. No son muy simpáticos. Alicia tiene una de esas caras que podría ser su cara o la de su madre o la de un vecino o la del repartidor de butano, y Ramos tiene una de esas caras que podría ser la cara de Alicia. Pineda se encarga de mantener limpio el establecimiento, barre con ganas, pero le cunde poco porque la gente es muy cerda. En la cocina estamos Julián Revilla, el gordo Lorenzo y yo. El séptimo es el empleado del mes. Al principio el empleado del mes era uno más, me refiero a muchísimo tiempo atrás, pero trabajó tanto y tan bien que le ascendieron a empleado del mes y hasta pusieron su foto en el comedor central para que todos pudieran verla. Según parece, desde hace más de un año nadie ha conseguido desbancarle, claro que, viendo al resto, no se puede decir que haya tenido mucha competencia. A pesar de la magnífica labor del empleado del mes las cosas no van demasiado bien. Según el jefe de zona somos uno de los equipos más lentos de la empresa. Cada semana nos pasan un informe y allí todo el mundo fríe, envasa y vende más hamburguesas, más patatas fritas y más aros de cebolla que nosotros. El empleado del mes dice que a ver si nos esmeramos pero, al parecer, aquí nadie le presta mucha atención al empleado del mes.

Apesto a ajo. He tratado de hacer gazpacho pero algo ha salido mal y ahora me apesta todo el cuerpo a ajo. Tenía un libro de recetas y todo mi interés puesto en ello, he picado cebollas, tomates, pimientos, pepinos, zanahorias y también ajo, pero al final sólo sabía a ajo. Así que en lugar de gazpacho tengo dos litros de sopa roja de ajo dentro de la nevera.

Creo que estoy tratando de hacer las cosas bien, porque tengo un trabajo y un apartamento con televisión y a veces intento cocinar algo, aunque no siempre me sale. No hablo con mi padre, ni con mi madre, ni con Fran, ni con M. Sólo hablo con el hospital de cuando en cuando. L. V. me ha dicho que R va a salir pronto, pero nadie sabe si pronto significa una semana, diez días o mañana. También me ha dicho que sería mejor que dejase de llamar.

Una vez vi en televisión un programa en el que cogían a un pollo recién nacido y le ponían junto a una bombona de butano. El pollo abría los ojos y se creía que la bombona de butano era su madre, así que le hacía carantoñas y se arrimaba mucho sin sospechar nada. Luego le quitaban la bombona y el pobre pollo se volvía loco y piaba como loco y hacía ruidos raros, todo angustiado.

Si se lo contase a T se pondría a llorar. A mí también me gustan los animales, pero a ella le gustan más, y no le importa que anden siempre cagándose por todas partes. En el trabajo todo va bien, saco las patatas de la freidora y las meto en las cestas, luego saco los aros de cebolla y los meto también en las cestas. Me sorprende lo que le gustan a la gente los dichosos aros de cebolla, freímos varios millones al día.

En el comedor central está la foto del empleado del mes, la tienen ahí colgada para que todo el mundo la vea.

A Lorenzo le gritan todos porque es gordo y medio tonto. Yo hablo un poco con él y le digo que no se lo tome muy en serio, pero él quiere prosperar, quiere aprender y ser cada día mejor, quiere ser más diestro en el manejo de la máquina de refrescos, quiere hacerse con la secreta mecánica de los tubos de vasos de cartón y posiblemente en el fondo de su gordo corazón sueña con desbancar algún día al empleado del mes. Mientras tanto, se traga el orgullo y pone cara de ser un gordo bueno y aplicado.

Lo malo de los niños es que como no dicen nada todo el mundo se siente en la obligación de interpretarlos. También pasa con los perros. En el fondo los niños comen y cagan y corren y se caen y se rascan el culo igual que los perros. Al menos eso es lo que yo pienso al respecto. Los niños se tocan el pito y los perros se lo chupan y eso sólo demuestra que los perros son más flexibles. A mí me encantan los perros y los niños, pero no creo que sean más de lo que son.

El colegio sólo me gustaba cuando me expulsaban de clase porque entonces podía quedarme toda la hora en el pasillo haciendo el tonto. Si expulsaban también a Baigorri, mejor. Los profesores no me gustan porque no creo que sean buena gente. Cualquiera que piense que tiene algo que enseñar es por lo menos sospechoso.

En la tienda de hamburguesas te hacen llevar una camisa de rayas rojas y naranjas, pantalones rojos y una gorrita de rayas rojas y naranjas con una hamburguesa de cartón en lo alto. Te pones el uniforme al entrar y no te lo quitas para nada hasta que sales. En la foto que cuelga del comedor central se ve al empleado del mes de cintura para arriba con su gorra y su hamburguesa encima.

Fran, M y yo íbamos al cine alguna noche como tres hermanos. M está fuera pero sigue mal. A veces pienso en llamarle para decirle algo acerca de lo que quiero hacer. También quería hablar con Fran. Somos tres hermanos y cuando me muera voy a acordarme de ellos y de T más que de ninguna otra cosa en el mundo. M siempre me ha admirado y no me gustaría que me viera moviéndome con tanta torpeza con los aros y las jodidas patatas fritas.

T se fue con un tío que tenía la polla de ciento cincuenta centímetros, como el mierda de Pedro Cimadevilla Nebreda. Ahora no pinto nada, ahora sólo relleno las cestas. Mi padre me llevaba a muchas exposiciones, veíamos miles de cuadros y aprendíamos mucho. De alguna manera las cosas se han ido torciendo y al final sólo he conseguido trabajos de idiota, uno detrás de otro. Algo ha salido mal. Supongo que al principio T no se había dado cuenta. El empleado del mes tiene su gorrita que es igual que la mía y tiene su preciosa foto que lo vigila todo. Voy a aplastarle el cráneo debajo de su hamburguesa de cartón, voy a reventarle con el mazo del hielo y me voy a quedar tan ancho, porque ni siquiera es un tío simpático.

Los niños empiezan con el culo y la mierda y en seguida se pasan al sexo; así que el sexo debe de ser la segunda cosa más interesante.

Antes de T no se me ponía dura pero con T la tenía dura todo el tiempo. En el colegio todo el mundo hablaba de ello pero nadie lo hacía. Nos matábamos a pajas pero ninguno había visto nunca un coño vivo en su vida. Después con el tiempo los más listos empezaron a meterla por aquí y por allá y luego hasta los más tontos, mientras yo seguía matándome a pajas. Me hacía tantas que tenía callos en las manos. Llegué a cascármela doce veces en un día y estaba tan orgulloso de eso como lo estaban los demás de tirarse a las gordas y a las flacas y a todas las locas de la clase.

Yo siempre me he puesto colorado. La diferencia está en que a partir del séptimo curso ya podía abrirle a cualquiera la cabeza estando colorado, mientras que hasta entonces sólo podía estar colorado.

Sagawa no se sentía tan avergonzado como uno podría esperar. Hablaba de su imposible redención y a veces de culpabilidad, pero es que el muy cabrón se había comido a su novia, no entera, pero eso da lo mismo, y yo esperaba que las orejas se le cayeran hasta el culo, pero no era para tanto. Sagawa comentaba con asombrosa calma los pormenores de su macabra fagocitación, trataba de exponerlo clara y fríamente, pero el muy cabrón se había comido a su novia. Y encima cruda. Yo pienso que abrirle la cabeza al empleado del mes con el mazo de picar hielo no es ni la mitad de horroroso que lo que hizo el maldito japonés antropófago. Además yo no tengo ningún compromiso con el empleado del mes, no me acuesto con él, no es mi novia, sólo es un tío ridículo que se esmera y se esmera y que aspira a jefe de zona. También está la foto, la foto que cuelga del comedor y que tengo que ver todo el día, aunque no quiera. El empleado del mes, con su magnífica gorrita amarilla y su hamburguesa de cartón en lo alto. Igual que la mía.

Jamás me comería a T, pero es que mi tío abuelo fue tutor de Alfonso XIII.

Antes había pensado en matar a una de las viejas que van a merendar por las tardes. No hacen nada malo, pero lo miran todo con odio y resentimiento, porque se les ha terminado la fiesta o porque posiblemente para ellas nunca la ha habido. Tienen sus trajes estampados, con todas esas flores y árboles y plantas y todo tipo de dibujos fantásticos, pero al parecer eso no les basta. Luego se me ocurrió lo del empleado del mes y me pareció más fácil y mejor. Además se necesita ser un mierda para matar a una vieja que no puede defenderse.

M me dijo que todo lo peor, lo que menos te gusta en el mundo, está dentro de un agujero negro y que puedes no verlo, pero si te asomas un poco ya estás dentro.

Daniel es el hermano de Arturo el mexicano, tenía una novia búlgara pero no se la atoró. Después de la primera semana no se la había atorado, después de la segunda semana no se la había atorado, después de la tercera semana no se la había atorado. Durante la quinta semana la búlgara le dijo que necesitaba una prueba de amor y el pobre Daniel se gastó todo lo que tenía y un poco de lo de su hermano Arturo y hasta un poco de lo mío en comprarle un perro precioso, uno de esos perros caros que hacen lo mismo que los demás perros pero con más gracia. A la búlgara le encantó el perro, lo abrazaba y lo llevaba siempre encima, hasta le daba besos en la boca. Le gustaba tanto que se olvidó de Daniel.

Arturo me dijo que Daniel se había vuelto a México y que la búlgara había ganado la medalla de oro del decimotercer concurso canino de la Casa de Campo. Arturo y yo jamás recuperamos nuestro dinero.

Yo siempre me fijaba mucho en Tully y miraba despacio su forma de boxear a dos manos con la suerte y el viento y las apuestas y la gente y todo en contra y con su culo de plomo apuntando siempre al suelo.

En casa, la mujer de Tully, la que había sido mujer de un chino y de un negro y de un indio, no hacía más que beber y terminaban siempre por discutir acerca de las cosas más idiotas. Si Tully hacía la comida ella no quería comer y cuando él se enfadaba y quería tirarlo todo a la basura a ella le entraba de pronto un hambre atroz y no dejaba ni rastro del filete ni de los guisantes. Un día Tully volvió por la noche y el negro le dio todas sus cosas metidas en una caja. Le dio también una camiseta que llevaba puesta; al principio Tully no la quiso pero luego se la quedó. El negro resultó ser muy buena gente y Tully y él estuvieron hablando acerca de las mujeres y de boxeo y de beber.

Tully *vs.* Lucero fue un combate sonado porque ninguno de los dos iba a tener muchas oportunidades y porque los dos eran pegadores como los de antes; al final Tully tumbó al mexicano, pero no acabó entero sino más bien sonado y mal.

Lucero era un mexicano valiente que meaba sangre. Yo podría mear sangre ahora que T no está, podría clavarle un pincho de hielo al empleado del mes en el centro del alma y ni siquiera tendría que mirar para otro lado. A la mayoría de la gente no la soporto: andan y comen y cagan y hacen ruido todo el tiempo y no hay quien lo soporte.

Quiero hacerlo lo mejor que pueda y quiero que T esté orgullosa de mí como lo estaba todo el mundo de Travis, el matador.

A veces también me acuerdo de papá y mamá y quiero dedicarles un poco de gloria, no vaya a ser que se molesten. Al fin y al cabo los padres son muy especiales para estas cosas.

Con T la vida era bastante sencilla porque la quería mucho y ella estaba siempre a mi lado. T tiene el pelo largo y rubio y la cara pequeña y bonita con huesos debajo, no es una de esas caras de pan, redondas y tontas, sino una cara preciosa con carácter y personalidad. T había conocido antes a algunos de los tíos de mierda que andan por el mundo tocándole el culo a las chicas guapas; hombres casados y maduros que se creen que se van a ganar el cielo jodiendo y también niños tristes muy preocupados por los sufrimientos propios y ajenos, aunque algo más por los propios. Niños dulces y sensibles, llorones de mierda. Después T estuvo conmigo algún tiempo y no creo que se aburriera, pero las mujeres dicen que se van y se van. Lo cierto es que no sé mucho de mujeres, pero T dijo que se iba y se fue. T y yo vivimos juntos más de un año. Teníamos un piso grande que compartíamos con Arturo, el mexicano, y con otro mexicano maricón y cobarde que se llamaba Fernando. Luego llegó Daniel, el hermano de Arturo, otro mexicano simpático que no se atoró nunca a su búlgara. T y yo nos quisimos mucho y follamos mucho, aunque es algo de lo que no me gusta hablar y mucho menos presumir; después T recogió sus cosas y se fue. Yo me quedé con Arturo bebiendo tequila y comiendo pastel azteca.

Una vez me emborraché tanto que no podía ni andar, estuve meando en la parada del autobús y la polla me colgaba ahí fuera con muy poca gracia y Fran me sujetaba y me ayudaba. Cuando llegamos a casa Fran les dijo a mis padres que me había sentado mal la cena y yo me puse a vomitar en la alfombra del salón. Fran no es sólo un buen hermano, es además un buen amigo.

Cuando corría mucho me tiraba por el suelo, me volvía del revés y gritaba como si me hubiese roto una pierna y entonces él se daba la vuelta y me cogía de la mano. Yo nunca he corrido muy deprisa porque de pequeño tuve un soplo o una arritmia, no lo sé. Con todo, podía partirle la cabeza a José Luis Macías, que era el tío que corría más deprisa los cien, los doscientos, los cuatrocientos y hasta los ochocientos metros. Hay gente que corre muy rápido y en cambio es incapaz de evitar que le abran la cabeza.

A Fran le regalaron una gorra roja por su cumpleaños y estaba tan contento con ella que no se la quitaba nunca y andaba siempre tocándosela para ver si seguía en su sitio. Por eso cuando el hijo del vecino, que también era vecino, claro está, se la quitó y estuvo jugando un rato a tirarla por el aire, Fran le mordió una oreja y se la mordió tan fuerte que se quedó con un pedazo de oreja en los dientes. La madre del ladrón de gorras dijo que no éramos niños, que éramos perros rabiosos y que iba a llamar a la perrera para que nos encerraran allí. A mí en seguida me pareció que no era una amenaza muy seria, pero Fran se lo creía todo, así que le pidió a mi madre que le escondiera en el garaje y que no le delatara por nada del mundo.

Cuando Fran, M y yo coincidimos en el mismo colegio formamos un grupo peligroso y nadie se atrevía con nosotros. En México nos hubieran llamado «Los Señores de la rudeza» o algo por el estilo. Luego nos separamos y cada cual tuvo que ser rudo por su cuenta.

Aún tengo el gazpacho metido en la nevera, huele tanto a ajo que me da miedo sacarlo. Ya no cocino, me traigo un par de hamburguesas del trabajo y me las como viendo la televisión, una por la tarde y otra por la noche. Tengo un piso pequeño con una habitación, un baño y una cocina de esas que llaman americanas. Esta mañana L. V. me ha colgado el teléfono. He llamado y ella me ha colgado el teléfono. Pienso que no va a ser muy difícil lo del empleado del mes; por si acaso, voy a seguir dándole después de que se caiga porque uno se desmaya antes de morirse y conviene no confundir lo uno con lo otro. Cuando lo haya hecho saldré a la calle y si alguien me pregunta me pondré a hablar deprisa y despacio, como los locos. Me contaron una historia de un tío que se tatuó la cara entera y creo que esto es un poco lo mismo, como el agujero negro, en cuanto te asomas estás dentro y entonces parece que hay más trecho por delante que por detrás. No sé si es exactamente eso, pero en cualquier caso lo importante es hacerlo y no saber por qué se hace o qué se va a hacer luego.

Cuando vivía en la Ballesta, no podía dormir bien porque a mis vecinos les gustaba arrancarse la piel de detrás de las orejas justo después de la media noche.

Ella le decía:

—Sal y que te den por el culo, maricón. Lo único que quieres es que te den por el culo, que te den por el culo y que te den por el culo. Quieres que te partan el culo en dos y que te lo partan bien en dos. Eso es lo que quieres, pedazo de maricón.

Y el vecino, que por lo demás era un tipo agradable, de los que saludaban en el ascensor, le respondía:

—Cualquier cosa será mejor que volverla a meter en tu coño de rata podrida.

Tenía que oír eso casi todas las noches cuando vivía en la calle Ballesta, por eso me mudé.

Una de las muchas noches de agitación llegó la policía y les dijo a los dos que si seguían gritando así les iban a encerrar. También le dijo a él que no se debía pegar a las mujeres y a ella que un hombre nunca soporta que le llamen maricón.

El tío era cocinero y un día se quemó la mano a propósito en un hornillo para cobrar el seguro de accidentes. Casi se queda sin mano. Después de aquello no tenía más remedio que pegarle a su mujer con la izquierda y con los codos.

Ahora que no está T me gustaría mear sangre como Lucero, me voy acordando de todo lo peor y tengo ganas de mear sangre.

Si te dan fuerte en la cara te pones tan nervioso que ni lo notas y luego pegas como si te fuera la vida en ello.

De lo que más me arrepiento es de no haber sido boxeador, mearía sangre, cagaría sangre, tendría la nariz aplastada y me sentiría orgulloso y bien.

Voy a hacer lo del empleado del mes para que T pueda mirarme con respeto y orgullo y también porque el empleado del mes es un tío mierda de los que ponen vidrios rotos sobre la valla del jardín.

En el internado no había mucho que yo pudiera hacer, así que simplemente esperaba a que terminaran las clases para subir al tejado.

En el internado todo el mundo quería ser muy malo y muy duro, pero no eran más que un montón de imbéciles. Si es bien cierto que los buenos no son los buenos, no lo es menos que los malos tampoco lo son. Baigorri era un tío simpático que bebía y se reía todo el tiempo. Bowie andaba por los tejados con verdadera clase. Fran corría la banda y se paraba en seco y centraba, a veces corría tan deprisa que se salía del campo y no se daba ni cuenta. T se ponía triste por nada y no quedaba más remedio que abrazarle fuerte y mucho rato. El gordo Lorenzo sigue sufriendo y resoplando y molestando con su olor a cerdo y sus calzoncillos llenos de mierda enrollados en los michelines del culo. Podía haberle matado a él pero elegí al empleado del mes porque lo mismo da uno que otro. Cuando a Tully le dieron tanto que no veía el camino de su casa, su mujer terminó por dejarle, metió sus cosas en una caja que le dio luego el negro. Tully llamó a la puerta y ella no quiso ni verle. El negro le pasó la caja con sus cosas y Tully se fue por donde había venido. A mí siempre me ha gustado el boxeo, hablaba con Tully y con Panamá y me contaban todas estas historias. Me hubiera gustado ser boxeador. A veces hacía guantes con Panamá y no se me daba nada mal. La madre de Juan José de la Llave le puso un candado a la nevera, así que Juan José de la Llave tenía que saciar su apetito voraz con nuestras meriendas. El balón de Pablo Mendoza acabó en la carretera porque el animal de Lavanchy le pegó con todas sus ganas y el balón subió y subió hasta que casi no se veía y después fue a caer en la carretera. Los tíos como Lavanchy no deberían jugar al fútbol, tendrían que estar dándose patadas los unos a los otros. Pablo Mendoza no volvió a ver su balón, pero estaba tan ocupado con el televisor que no se dio ni cuenta.

La comida con L. V. no había sido precisamente un éxito, y eso que llegué pronto para dar buena impresión. Había estado sentado, bebiendo en el bar del hospital más de dos horas, porque no conseguí recordar a qué hora habíamos quedado y no quería llegar tarde. El caso es que cuando L. V. se sentó frente a mí yo ya estaba un poco borracho. Lo primero que dijo L. V. es que no iba a comer nada y que lo único que quería era que no volviera a molestarles y que su hija, T, no volvería conmigo jamás y que yo era un sinvergüenza y un canalla y un montón. Se ve que quiso decir un matón, pero es que no habla bien el español y se lía un poco con las palabras. Una vez, hace muchos años, le dijo a T: «Tu tía Elsa se ha empalmado»; quería decir que la había palmado, pero se plantó muy seria delante de T y le soltó: «Tu tía Elsa se ha empalmado».

Cuando terminó de insultarme se levantó y se fue.

Yo sólo quería saber qué tal estaba R y también qué tal estaba T, pero L. V. era demasiado bonita para entender por qué de pronto se hunde todo y uno empieza a hacer las cosas como no debe.

El día que L. V. me colgó el teléfono fue un poco lo mismo. La misma sensación. Ahora no me explico cómo es que estaba T conmigo. A veces las cosas son raras un tiempo y luego vuelven a ser lo que eran.

Yo, por ejemplo, estoy estos días como en el colegio, como en Inglaterra, como en el internado, como en los trabajos fáciles, obligado a hacer tareas de idiota que no requieren mucho esfuerzo. Deseando salir de todo esto a base de machacarle la cabeza al empleado del mes.

Por la noche antes de dormir he pensado en Fran y en los partidos de fútbol. Puede que Fran tuviese miedo subiendo a lo alto del trampolín, pero en el campo era el mejor defensa que he conocido y todos le tenían miedo a él.

Una vez le partió a un tío la pierna por tres sitios y ni siquiera fue falta. Fran tiró del balón y tras él vino la pierna, rota por tres sitios. Querían expulsar a Fran del campeonato, pero ni siquiera había sido falta.

Cuando Leonardo-Panamá se murió yo no supe muy bien por qué había sido. Leonardo era un boxeador guapo y elegante y su novia le estuvo llorando mucho tiempo. Al parecer en el entierro estaba también la madre de Leonardo, pero como yo no sabía que tuviera madre no le dije nada. A Leonardo le pasó un camión por encima, como a mi abuelo, eso es lo que sé. A Evangelista le pillaron el año pasado con medio kilo de cocaína y ahora está en la cárcel haciendo sombra. Jake la Motta le quitó el título de los medios a Sugar Ray Robinson y después Sugar Ray lo recuperó. Con el tiempo La Motta engordó tanto que ni en tres pedazos daba el peso, también le dio con la mano cerrada a su mujer, como Monzón. En el juicio Monzón había dicho: «Yo siempre la pegaba y ella nunca se había muerto».

Monzón tiró a su mujer por el balcón y luego se tiró él, para que pareciera un accidente, pero no se lo tragó nadie.

Tully salía de cada pelea preguntando siempre lo mismo:

—¿Me han tumbado?

La Motta recitaba a Shakespeare y Sugar Ray bailaba claqué. No sé cómo pasa pero a veces uno acababa enredándose con lo peor, con lo que se te da rematadamente mal. Yo estuve con T y después T se marchó y más tarde aún L. V. me colgó el teléfono, así que ahora voy a desparramarle los sesos al empleado del mes con el mazo del hielo. Sagawa no es más que un maldito japonés enano y carnívoro. No tengo nada que ver con él. Si hubiese sido boxeador ahora me sentiría mucho mejor y no pasaría vergüenza. De lo cual se deduce que en esta vida uno debe tratar de hacer algo digno.

He llamado por teléfono como hacía antes. He llamado al menos doce veces. Los números los marco a ciegas. Unos contestan y otros no. Si contestan siempre digo lo mismo:

—VÁYASE USTED A LA MIERDA.

Después cuelgo.

Cuando era niño llamaba a los hoteles de lujo y pedía detalladas descripciones de todas las suites; al final siempre acababa con la misma historia:

—QUIERO QUE ME DIGA USTED CUÁNTOS PASOS HAY EXACTAMENTE DE LA PUERTA A LA CAMA.

Gritaba mucho y me enfadaba de verdad.

—CÓMO QUE NO LO SABE. ES IMPORTANTE: MIRE, LLEGARÉ MUY CANSADO Y NO QUIERO PASARME LA NOCHE ANDANDO.

Luego se daban cuenta y me mandaban a la mierda pero para entonces ya me había reído un buen rato.

Paquito Ribera llamó a una vecina y le dijo que le había tocado un millón de pesetas en un concurso de la radio. Lo hizo tan bien que la pobre mujer se lo creyó. Habían quedado con ella en un bar cerca de la casa del cagón. Le dijeron que llevase un cucurucho de papel de periódico en la cabeza para poder reconocerla y porque formaba parte del concurso. Después se bajaron al bar, el cagón y unos amigos, y allí estaba la vieja con ochenta años, un vestido negro, zapatillas y el cucurucho en la cabeza. Esperando su millón de pesetas.

No me gustaba nada Paquito Ribera. Me gustaba su olor a mierda, pero él no me gustaba nada.

Todavía tengo su número de teléfono de la época del colegio, a veces llamo y le digo:

—VÁYASE USTED A LA MIERDA.

El empleado del mes pasa la mayor parte del tiempo en las cajas registradoras vigilando que todo el dinero caiga en el mismo sitio, después se pasea por las freidoras de hamburguesas y por la máquina de los refrescos; allí se mete un poco con el gordo Lorenzo y finalmente viene a ver cómo van los aros y las patatas. Será entonces cuando le hunda el cráneo debajo de su gorrita de hamburguesa y me va a importar muy poco que lo vea todo el mundo. M me regaló un libro que no me gustó mucho, pero que guardé siempre sólo porque M me lo había regalado. Voy a matar al empleado del mes porque me da la gana y porque la gente no nos gusta, ni a M, ni a Fran, ni a mí. La gente ve un niño esperando su turno en la compra y va y se lo salta, y luego empuja en las puertas y adelanta cuando no hay sitio suficiente y tienes que frenar para no matarte y se ofende por cualquier cosa y pone vidrios rotos en las vallas y pone el culo para que le den por el culo y escupe en el suelo y a mí todo eso no me gusta nada.

T y yo habíamos pasado unos días en la playa. Al principio yo no quería ir pero T se había empeñado y al final estábamos los dos nadando en el mar, tumbándonos sobre la arena, y paseando por allí con los pies metidos en el agua. T hablaba mucho de sus perras porque las quiere mucho y yo la escuchaba y la miraba con cuidado pensando que nunca había tenido nada tan bonito.

T y yo nos tumbábamos muy juntos en la playa y no nos separábamos hasta que se marchaba el sol. Yo nunca he sido muy bueno con el sol porque tengo la piel blanca como la cáscara de huevo, así que utilizaba una crema de factor de protección 20, que es como tomar el sol dentro de un armario. T también es blanca, pero se pone un poco morena y le sienta bien, le salen coloretes en la cara y está muy guapa. Cuando todo va bien cualquiera puede ser una persona hermosa llena de buenos sentimientos y esperanzas y deseos para el mejor de los futuros.

Después, cuando a tu novia se la está atorando algún memo ya no resulta tan fácil. T estuvo también en las playas de Skagen, en Dinamarca. Allí las dunas tienen seis o siete metros, y el mar se hiela en invierno. T estuvo paseando y después se fue con L. V. y con una amiga de L. V. a beber cervezas gigantes a un bar. L. V. se puso a contar historias tristes y T empezó a llorar. Al final todo el bar estaba mirándolas. A T se la están jodiendo, se la están jodiendo ahora mismo y nadie va a conseguir que me lo tome con calma.

A T se la están atorando, se la están atorando y se la están atorando, así que yo voy a reventar al empleado del mes a ver si se equilibran un poco las cosas. Después de morir Nancy se murió Sid, así debería ser siempre.

Me gustaría estar con Bowie. Tumbado, durmiendo con los cien gatos encima, vigilando el paso a nivel.

Mi hermano Fran se merece todo lo mejor, más que nadie, porque es bueno y porque le arranca una oreja a cualquier imbécil a poco que le toque la gorra.

Elegí el 22 de enero porque el 22 de enero de 1879 las tropas de sir Chelmsford, el 24º regimiento de línea, fueron aplastadas por una horda de más de veinte mil zulúes en la batalla de Isandhlwana.

Fran y yo habíamos pasado tres millones de horas construyendo una reproducción de la batalla de Isandhlwana que nunca llegamos a terminar. Había que pintar uno por uno doscientos soldados entre zulúes e ingleses y aquello nos superó. Así que decidí recuperar esa fecha para la que iba a ser mi primera acción de guerra. La que marcaría el paso definitivo que lleva de la obsesión personal a la atrocidad pública.

Antes de las siete y media ya estaba en la calle. Un poco más agitado de lo normal, pero no nervioso ni excitado, sólo agitado y como mucho inquieto.

El empleado del mes tenía cara de imbécil y eso me facilitaba mucho las cosas a la hora de imaginármelo muerto y descerebrado. Se le sacan mejor los sesos a un imbécil porque da menos pena. Como llegaba muy pronto paré a tomar una cerveza frente a la tienda de hamburguesas. Cuando todo hubiese pasado el camarero que me servía la cerveza podría decir cosas como: «Estaba muy tranquilo antes de hacerlo, pidió una cerveza, se la bebió y sin decir nada más se fue a trabajar». El camarero estaría tan contento de haber visto al asesino momentos antes del crimen, hablaría por la televisión y por la radio, hablaría con los de los periódicos y después se lo contaría a sus hijos y a sus nietos. Me terminé la cerveza y crucé la calle. Frente a la luna de cristal había un montón de gente mirando hacia dentro, exclamando y asombrándose. Fue entonces cuando empecé a sospechar que una vez más las cosas se iban a torcer.

Al entrar me encontré con el gordo Lorenzo sentado junto a una de mis cestas de patatas con el mazo del hielo en la mano y la sangre cayéndole desde sus gordas manos hasta sus pies gordos. Encima de mi cesta estaba el empleado del mes. Herido, asustado, aturdido, con una herida sucia y fea sobre la cabeza, pero no muerto. El 22 de enero resultó ser un mal día para los ingleses, para el gordo y para mí.

Hubiese sido mejor machacarle la cabeza a Jorge Maíz en lugar de conformarme con su elefante de escayola.

Después de la torpe hazaña del gordo Lorenzo nos dieron un par de días libres y yo me los pasé tumbado sobre la cama, pensando en cómo empeora todo a poco que puede.

He llamado al hospital para interesarme por la salud del empleado del mes y me han dicho que no podrá volver a trabajar en treinta o cuarenta días.

Después he llamado a casa del gordo y le he dicho:

—VÁYASE USTED A LA MIERDA.

Creo que cogió el teléfono su madre, todos estos gordos idiotas tienen una.

A Leonardo-Panamá, poco antes de morir, le había dado una paliza un galés peludo. Cuando digo peludo me refiero a uno de esos tíos que tienen pelos hasta detrás de las orejas. El galés le dio con todo y Leonardo-Panamá cayó a plomo en el tercero. Leonardo no se murió de pena, se murió porque un Pegaso le pasó por encima.

Mi abuelo trabajaba en la Leyland Ibérica y también le pasó por encima un Pegaso. Murió aplastado por la competencia, como si fuera un chiste. Mi padre tuvo un seiscientos, un milquinientos, un Seat 124 y un Land Rover. En el Land Rover cabía mucha gente, era un coche grande y bonito. Íbamos siempre de fiesta.

Mi padre puede cerrar una puerta de un solo estornudo, como cuando hay tormenta. T se ponía un vestido corto, de niña fea, y estaba preciosa.

El gordo le había pegado poco y mal al empleado del mes y por eso el empleado del mes no se había muerto. Tenía una brecha y mucha sangre por el suelo y por encima y en las patatas fritas, pero no estaba muerto.

Leonardo no ponía el culo y yo tampoco. En Mercamadrid había muchos cerdos que se ofrecían a cambiarte el saco por un poco de sodomía, pero Leonardo y yo siempre contestábamos lo mismo:

—VÁYASE USTED A LA MIERDA.

Cuando me pongo rojo no sólo estoy enfadado, estoy también confuso. Leonardo pegaba con las dos manos, pero sobre todo tenía un gancho de derecha capaz de tirar un muro.

Leonardo tenía también diez o doce hermanos allá en Colombia y todos querían ser boxeadores, corrían por la playa y tiraban golpes al aire.

Leonardo me dijo que los golpes no se sienten siempre y que las cosas tienen muy poca gracia cuando miras desde el suelo.

L. V. me colgó el teléfono a pesar de que yo la apreciaba.

Vento Espíritu Santo Figueiras se reía de Fran y le llamaba «potito». Confío en que a estas alturas alguien le haya metido las orejas por el culo.

El 25 de enero parecía un día agradable con sol y buenas temperaturas.

Me he esmerado con las patatas fritas y los aros de cebolla porque tal y como están las cosas tengo bastantes posibilidades de colgar mi foto en el comedor central antes de que termine el mes.

Este libro se terminó
de imprimir en
Hospitalet de Llobregat
(Barcelona), en el mes
de mayo de 2017